INVASIÓN

Mario Ávila Uribe

INVASIÓN

PRIMERA EDICIÓN
Octubre 2024

Editado por Aguja Literaria
Noruega 6655, dpto. 132
Las Condes - Santiago de Chile
Fono fijo: 56 - 227896753
E-Mail: contacto@agujaliteraria.com
www.agujaliteraria.com
Facebook: Aguja Literaria
Instagram @agujaliteraria

ISBN
9789564091310

Nº INSCRIPCIÓN:
2024-A-9889

TAPAS:
Imagen: Sandro Tsitskhvaia
Diseño: Josefina Gaete Silva

A mi familia, quienes siempre han creído en mí y apoyado todos los proyectos que he emprendido. Sin ellos, no hubiese logrado todo lo que he hecho. De todo corazón, muchas gracias.

Capítulo 1

Isaac recién se había sentado frente a la ventana más grande, aquella que daba al lado menos soleado. El laboratorio estaba ubicado en el extremo sur de la Gran Ciudad, y en el extremo opuesto, al norte de la gran urbe, se encontraba otro a cargo de Ile, su compañera y mejor amiga. En realidad, podría decirse que era su única verdadera amiga.

El laboratorio bajo supervisión de Isaac no era tan grande como él hubiese deseado. De hecho, en algunas ocasiones tenía la intención de pedir un aumento de sueldo y también una extensión en sus instalaciones, considerando la importancia del trabajo que realizaba; pero cuando lo meditaba un poco mejor, con la mente más fría, prefería esperar hasta que llegase el momento oportuno. Después de todo, por el momento le bastaba el espacio que tenía para llevar a cabo sus investigaciones. Por otro lado, su sueldo, aunque no era extraordinariamente alto, le alcanzaba para vivir con relativa comodidad y holgura en un pequeño, pero bien dimensionado departamento cerca del centro de la Gran Ciudad. También le alcanzaba para darse los gustos que quería de vez en cuando, algo que consideraba muy importante. Uno de estos placeres era disfrutar de una buena taza de té. Tenía una colección de distintas especies, de diversas partes y con distintos aromas; sin embargo, su predilección era el té de hoja. Donde iba, siempre tenía su pequeño recipiente personal donde disfrutaba de ese líquido caliente. En realidad, esos placeres no eran muy complejos, pero sí lo suficientemente necesarios para disfrutarlos a plenitud.

Isaac había vivido toda su infancia y gran parte de su adolescencia en las afueras de la ciudad junto a su madre y hermana, en un hermoso campo de cultivo. A eso se dedicaba su familia, a cultivar y vivir de lo que daba la tierra misma. Bueno, la expresión "la tierra misma" era un decir, ya que a lo que su madre se dedicaba principalmente en realidad era la hidroponía, en especial al cultivo de lechugas hidropónicas. Es más, ella tenía una gran cantidad de invernaderos con cultivos de lechugas que producía y vendía a comerciantes de La Gran Ciudad. Ese era su principal trabajo y, aunque no era mucho, le alcanzaba para vivir y mantener a su hija e hijo.

De su padre no tenía mayores recuerdos, aunque en realidad tampoco le interesaba mucho averiguar. Lo único que quedaba de él era una habitación en la casa de su madre que ocupaba de oficina y, en esta, un baúl arrinconado acumulando polvo con algunas especies que su madre nunca había querido eliminar; sin ninguna importancia, por supuesto.

Un día, cuando Isaac tenía cinco años, su padre salió de casa y nunca más regresó. Al principio, el niño estuvo preguntando durante unos meses de manera constante por su padre, recibiendo siempre la misma respuesta de su madre: "ya volverá". Sin embargo, al pasar el tiempo y ver que no regresaba, las preguntas se fueron distanciando hasta que un día simplemente dejó de importarle. No volvió a preguntar; podría decirse que intentó reprimir los recuerdos de su padre para no volver a pensar en él.

En el caso de su madre, quienes la conocían pensaban que ese suceso sería un golpe duro para ella, principalmente porque no tenía más familia que su esposo y sus dos hijos. Además, mientras él estaba se encargaba de mantener el hogar. Después fue ella quien tuvo que dedicarse al negocio de la hidroponía. Por otro lado, tenían un matrimonio muy unido, se notaba que había mucho cariño en la familia, nadie esperaba lo que iba a suceder; todos pensaban que aquel suceso la derrumbaría. Lo extraño fue que ella nunca demostró emoción alguna; ni rabia, ni tristeza, ni enojo o alguna otra emoción parecida. Se limitó a decir: "Hizo lo que tenía que hacer".

Durante las noches, Isaac tenía la costumbre de caminar por el campo siempre con su tazón de té, sobre todo en una noche despejada. Observaba las estrellas preguntándose qué habría en cada una de ellas. En realidad, alucinaba con el espacio. Era su principal fascinación. Un día su madre, con el poco dinero que llevaba ahorrando por un tiempo, sabiendo cuál era su pasatiempo favorito, decidió regalarle un pequeño telescopio.

Es muy probable que eso haya sido lo que motivó a Isaac a querer aprender e investigar sobre el espacio; estudiar los hallazgos que se habían conseguido a lo largo de la historia humana y todo lo imaginablemente posible que aún quedaba por descubrir. Siempre se imaginaba realizando viajes, conociendo y descubriendo hasta el último rincón del espacio.

Otra pasión que empezó a disfrutar cada vez más a medida que se fue haciendo mayor, era la lectura, en especial los relatos de ciencia ficción. Guardaba en su hogar decenas, tal vez centenas de *hololibros*, visores electrónicos y todo lo que pudiese encontrar para leer relatos modernos y también antiguos. Tenía en su casa estantes llenos de diversos textos, principalmente de sus temas preferidos. Había estudiado en la escuela, en clases de historia, que los seres humanos primitivos, hasta la edad contemporánea, solían tener libros hechos de madera finamente procesada, un producto que llamaban "papel". No entendía mucho el trabajo de elaboración de estos textos antiguos, pero comprendió que, en algún momento, toda la literatura había sido digitalizada en los formatos modernos, de los cuales Isaac ahora tenía varios en su poder.

Siendo todavía muy joven, fue demostrando su destacada participación en los estudios. Gran parte de ese gusto se produjo por la influencia de su madre, quien desde pequeño le inculcó la importancia de la preparación y el esfuerzo para conseguir los logros y metas que se propusiera. De vez en cuando, Isaac le contaba algunas cosas sobre sus sueños de viajar al espacio, algo poco común, ya que su madre sabía que no era muy asiduo a hablar mucho de sí mismo. Por esa razón, cuando eso pasaba ella lo escuchaba con paciencia, y luego, con la misma tranquilidad y cariño maternal, le decía que el estudio y la preparación eran las principales herramientas que tenía para conseguir sus sueños.

Respecto a su hermana, Lora, tenía facilidad para el área de las matemáticas. Siendo aún muy joven, tenía claro el objetivo que quería conseguir hasta que por fin lo cumplió. Una vez que terminó sus estudios, se dedicó a trabajar como ingeniera civil en una prestigiosa empresa de La Gran

Ciudad. Se casó y, junto con su esposo, se fue a vivir a una hermosa casa ubicada cerca de la empresa donde se desempeñaba.

Por otro lado, a Isaac le encantaba la ciencia. De ahí que, cuando le dieron la oportunidad de especializarse en algún campo específico, no pensó demasiado para dirigir su atención hacia la astronomía, ya que consideraba que esta carrera mezclaba sus dos amores principales: el espacio y la ciencia. Siempre decía lo mismo del espacio: "Es lo más parecido a la ciencia ficción".

Su sueño era convertir en posible todo aquello que pareciese imposible, y estaba seguro de que estudiando astronomía podría cumplir su filosofía. Muchos le habían dicho cuando era joven que lo que pensaba era absurdo, que ya no había nada que pudiese descubrir debido a que el ser humano se encontraría en la cúspide de su civilización. Sin embargo, su familia, en especial su madre y su hermana, siempre lo animaron a que cumpliera sus sueños. Esa fue su principal motivación.

Isaac, quien en realidad se llamaba André Asoré Vendré, entró a la universidad apenas terminó sus estudios regulares. Por más que su madre se hubiese esforzado por conseguir que su hijo cursara estudios superiores, no hubiese podido conseguirlo. Fue posible gracias a que La Cúpula, el grupo de líderes que dirigía La Gran Ciudad, lo escogió a él y a otros once jóvenes que destacaban en distintos grupos de estudio para que se trasladaran a la universidad, que se encontraba en el centro de la capital. En aquel grupo de estudiantes se encontraba Ile, quien había llegado desde un pequeño pueblito al norte de la Gran Ciudad.

Desde el momento en que se conocieron, hubo algo que los hizo sentir un apego especial. Descubrieron que no solo serían compañeros de estudios, sino también muy buenos amigos.

Cuando le preguntaron a Isaac su nombre, estuvo a punto de decir "André", sin embargo, por alguna razón, no lo hizo. En ese momento, por su cabeza pasó la idea de que estaba empezando una nueva vida en la universidad y que sería la oportunidad de establecer sus propios términos en ese proceso. Creyendo además que sería divertido, recordó a uno de sus escritores favoritos de ciencia ficción. Por eso, de forma casi robótica dijo:

—Me llamo Isaac.

Desde ese momento, todos quienes lo conocieron; compañeros, profesores y miembros de La Cúpula, lo empezaron a llamar por aquel nombre, incluso su propia madre y hermana, cosa que a lo hizo sentir bastante satisfecho.

Desde el primer día de clases, tanto Isaac como Ile se destacaron entre sus compañeros. Las ideas que planteaban, las propuestas sobre el espacio, y la facilidad con la que comprendieron el mapeo galáctico e intergaláctico llamaron la atención de quienes observaban sus progresos. Sus estudios y conocimientos sobre el viaje lumínico e hiperlumínico empezaron a resonar dentro de los líderes de La Cúpula. En poco tiempo, incluso antes de que terminaran su carrera, decidieron reclutarlos para ponerlos a cargo de los laboratorios más importantes, ubicados en cada extremo de La Gran Ciudad. De eso ya habían pasado cinco años.

Isaac miraba su ventana mientras daba un sorbo del té que recién se había preparado, a la vez que pensaba en todo lo que había hecho para llegar a ese punto. Se sentía orgulloso de lo que había logrado.

—Señor Asoré —dijo Charlie, el joven pasante que se encontraba haciendo su trabajo de investigación de la universidad y recibía las asesorías de Isaac—. Lo llama la señorita Ile por el intercomunicador. Desea contactarse holográficamente con usted. Pienso que debe ser sobre la convención lunar de la próxima semana.

—Gracias, Charlie —respondió Isaac sin mucho apuro por contestar. No es que no le interesara hablar con su mejor amiga; de hecho, una de las cosas que más amaba y disfrutaba en el mundo era eso. Le encantaba la comunicación que había entre ambos, la forma en que resolvían los problemas que aparecían en sus trabajos y hasta la manera en que ella lo miraba cuando él se envolvía en sus proyectos. No era mucho lo que se veían, ya que ambos trabajaban en cada extremo de la ciudad y pasaban bastante tiempo en sus respectivos laboratorios. Pero siempre estaban en comunicación; en realidad, no pasaba un día que no conversaran de alguna forma, ya sea por mensajes o de forma holográfica, así que aprovechaban de ponerse al día de todas las cosas que iban ocurriendo. Sin embargo, cuando sus ojos se posaban sobre el espacio, no había nada ni nadie que pudiese sacarlo de aquella hermosa imagen del universo—. Por cierto, preferiría que me llames Isaac. Creo ya que te lo he dicho un par de veces, pero te lo recuerdo, no hay problema.

—Perdón, señor Isaac, es que a veces lo olvido.

—No te preocupes. Y otra cosa, no me llames "señor", si tampoco estoy tan viejo. —Esbozó una leve sonrisa—. Solo dime Isaac.

—Está bien, trataré de llamarlo así —Charlie, con solo veintitrés años, era un muchacho muy inteligente. Tenía muchísimo potencial, como ya se había dado cuenta Isaac desde el momento en que lo conoció. Solo le faltaba un poco de suspicacia para entender ciertos asuntos y esforzarse por tomar más la iniciativa en algunos aspectos del trabajo. Isaac se había comprometido a ayudarlo para que sacara a relucir sus enormes habilidades.

Isaac aún ni siquiera llegaba a los treinta años. Sin embargo, desde muy joven se hizo notar en el mundo científico con sus investigaciones y estudios, así como con las diversas publicaciones, ensayos y artículos que había escrito a su corta edad. En realidad, a estas alturas era un científico muy respetado en su campo de trabajo y estudio. Se acercó con lentitud al visor holográfico, evitando despegar la mirada de la ventana que lo mantenía hipnotizado, siempre con la taza de té en su mano izquierda.

—¿Tan importante te crees que me haces esperar una eternidad? —dijo Ile un tanto enojada, pero con cierta ternura en sus palabras, mientras Isaac veía cómo cruzaba sus brazos en señal de falsa molestia. En realidad, ambos sabían que era muy difícil, por no decir imposible, que se enojaran, y menos por una situación tan cotidiana y sin importancia.

—Disculpa, Ile, estaba revisando unos documentos de extrema importancia sobre la convención lunar de la próxima semana. Por eso no pude contestar antes —mintió.

—¿En serio? La verdad, no te creo para nada. Te conozco demasiado bien y hasta podría apostar mi sueldo a que estabas como tonto mirando por tu ventana y tomando tu infaltable taza de té, ¿o me equivoco? —Tenía tal convencimiento y conocía tanto a Isaac que, aunque él lo hubiese negado, ambos sabrían que era una mentira.

—Tienes razón —reconoció Isaac— ¡Pero no como un tonto! Al menos eso dicen todos los títulos y diplomas que tengo en mi laboratorio —Isaac sentía tal tranquilidad y confianza al hablar con Ile que nunca le ocultaba nada—. ¿Llamabas por la conferencia a la que asistiremos la próxima semana? Porque, si es así, te informo que ya tengo todo listo y preparado para la intervención que nos corresponde.

—Ojalá fuera solo por eso —cambió de inmediato el tono de voz, e Isaac supo al instante que algo delicado estaba ocurriendo—, acabo de conversar con el coronel Pride. Tú sabes que él no llama por cualquier situación. Si se comunica con nosotros, es porque algo raro ha ocurrido. Lo más extraño es que quiere que lo veamos mañana a primera hora. Dice que tiene que ver con el Sector V-456.

Isaac guardó silencio un momento y se quedó pensando, buscando en su mente algún recuerdo del Sector V-456. Durante un instante hizo una pausa, trató de recordar, pero por más que lo intentó, no lo consiguió. Necesitaba saber qué pasaba en ese lugar. Dejando de lado un momento la conversación que tenía con Ile, se acercó a la computadora más cercana e ingresó los datos. Comenzó a leer la información con extrañeza. Lo que se decía de ese sector no arrojaba nada de importancia. Nada interesante había allí. Volvió a la conexión con Ile.

—¿Qué podría ocurrir en ese lugar? Por lo que estuve investigando, siempre ha sido un punto muerto en el espacio —dijo con aire de sabelotodo, aunque reconociendo que había tenido que pedir ayuda para recordar.

—Le dije lo mismo al coronel, pero me respondió que, al parecer, ya no lo era —su tono de voz era de preocupación. Ni hablar de Isaac, quien cambió del todo su rostro al escuchar esas palabras. Se levantó rápido de su asiento dirigiéndose a la misma ventana de su laboratorio, sin darse cuenta de que Ile aún seguía conectada; su mente ya se encontraba en otro lugar y la llamada había perdido importancia.

"Al parecer, ya no lo era", aquellas palabras del coronel Pride siguieron dando vueltas en su mente. ¿Qué podría estar ocurriendo en ese lugar? ¿Sería algo para preocuparse? Pensaba que, al menos, debía ser lo suficientemente importante como para que el coronel quisiera verlos con tanta urgencia. Reflexionó un instante. Volvió entonces a la llamada con Ile, quien esperaba con paciencia a que Isaac volviera a la conexión.

—A todo esto, ¿por qué te llamaron a ti y no a mí? Si quieren hablar con los dos, deberían haberme llamado también, ¿no te parece?

—¿No es evidente? Necesitaban comunicarse con la persona más importante primero. Imagino que esa era su prioridad —ironizó tratando de calmar un poco el ambiente tenso.

Mientras aún estaban conversando, y ni siquiera había terminado Ile de decir las últimas palabras, entró de nuevo Charlie para informar a Isaac que lo buscaban desde La Cúpula. Era el coronel Pride.

—Parece que se acordaron de mí. Contestaré la llamada antes de que se molesten. Nos vemos mañana en la reunión, si es que se dignan a invitarme también.

Ile soltó una risita cariñosa y se despidió de Isaac.

Isaac se conectó rápido con el coronel Pride en el segundo visor holográfico que había en el laboratorio. La conversación no alcanzó a durar un minuto. Había recibido instrucciones muy escuetas, pero claras, sobre lo que debía hacer y el tema de conversación al día siguiente. No necesitaba saber nada más por el momento.

Una vez terminada la llamada, Isaac se acercó otra vez al ventanal y se sentó. Esperó un momento y le dio un sorbo a su té, que para este momento ya se encontraba más que frío. Dejó la taza a un lado y su mirada se situó en un punto fijo. A lo lejos, trató de ver el punto que correspondía al vórtice donde estaba el sector que habían descubierto hacía solo un par de décadas y que ahora era objeto de interés: V-456. A pesar de ser uno de los portales más cercanos que había, tenía muy poco conocimiento de aquel lugar. Por otro lado, conocer la ruta de aquel sector era un completo enigma para los científicos. No es que no hubiesen intentado mapear el camino. El problema había sido que, por alguna razón indeterminada, el camino siempre los había llevado a ninguna parte, por lo que habían llegado a la conclusión de que era un sector muerto por el que no valía la pena continuar perdiendo el tiempo. Sin embargo, parecía que algo estaba cambiando.

Capítulo 2

Ile era todo lo opuesto a Isaac. Se caracterizaba por ser ordenada, estudiosa, metódica y meticulosa. Una de las cosas que la destacaba era su sentido de la responsabilidad. Probablemente, esa era la razón por la cual se llevaba tan bien con Isaac. Una vez, alguien les dijo una verdad fundamental: "Polos opuestos se atraen". Ile reconocía y se daba cuenta lo bien que aplicaban esas palabras en el caso de ambos.

Desde La Cúpula conocían muy bien las cualidades, personalidad y potencialidades de Ile; aprovechaban de explotar y utilizar esas características en cada oportunidad que se les presentaba. Por ese motivo, a nadie le extrañó cuando la vieron llegar tan temprano a las oficinas centrales de La Cúpula ese día, aun cuando habían sido citados a las ocho de la mañana, así que tuvo que esperar un momento hasta que se cumpliera la hora fijada.

El viaje no fue tan extenso, después de todo, vivía a solo unos cuantos minutos de La Cúpula. Ile era muy consciente del cuidado y la protección del medio ambiente, sabía que los seres humanos debían vivir en completa armonía con el entorno; por lo tanto, siempre trataba de cuidar de él lo más que pudiese. Una forma de hacerlo era que siempre se trasladaba en vehículos que ocuparan energías limpias, que eran característicos en La Gran Ciudad. La mayoría de los transportes utilizaban energía solar o eléctrica, lo que disminuía de manera considerable la contaminación en las calles. En el caso de Ile, prefería utilizar su propio medio de movilización, una especie de transporte similar a una bicicleta con el que se movía distancias no tan grandes. Además, ese viaje le servía para hacer ejercicio, algo muy importante para ella. En pocos minutos había llegado a las instalaciones de La Cúpula.

La Cúpula, junto con sus oficinas centrales, eran lugares extraordinarios. El edificio central era una belleza arquitectónica. Diseños fabulosos y estéticos lo convertían en una envidia para todos los demás edificios. Los espacios eran sumamente contemporáneos. Ile, en todo momento que iba, se detenía un instante a admirar cada hermoso detalle.

Isaac, en cambio, no era tan cuidadoso ni minucioso, ni tampoco se preocupaba tanto del medio ambiente. No es que le gustara contaminar a propósito, pero no se consideraba una persona tan consciente como Ile. De todas formas, como la mayor parte de los vehículos usaban energías limpias, el automóvil que utilizó para llegar era eléctrico. Por supuesto, no era un vehículo propio, primero, porque no le gustaba manejar, y, en segundo lugar, porque consideraba que no le alcanzaba para comprar uno. Así que siempre utilizaba un taxi para trasladarse.

Isaac no llegó con tanta antelación como su amiga, apenas unos minutos, el tiempo justo para ingresar a la sala de reuniones donde habían sido citados con extrema urgencia. La displicencia que solía mostrar en estas situaciones y, en realidad, en todas sus acciones, hacía parecer que llegar tarde o temprano le daba exactamente lo mismo. Eso molestaba a sus superiores, principalmente cuando lo necesitaban o le solicitaban algo; sin embargo, le permitían esas libertades porque comprendían la importancia del trabajo que realizaba, y valoraban los aportes y la contribución que hasta el momento había hecho en su campo de trabajo.

Como tenía algunos problemas para socializar, no se sentía muy cómodo en situaciones que implicaran estar con otras personas, sobre todo con quienes no conocía. Siempre decía eso, aunque todos sabían que lo cierto era que tampoco le interesaba conocerlas. Al momento de ingresar a las oficinas de La Cúpula, sintió una tensión en el ambiente que lo hizo sentirse más incómodo todavía, así que, como era su costumbre, de inmediato comenzó a buscar con la mirada a su amiga Ile. Apenas la vio, se acercó a ella con rapidez.

—¿Tienes idea de lo que querrán decirnos? —se apresuró Ile en el instante en que vio acercarse a Isaac. Sentía mucha curiosidad, aunque probablemente la expresión correcta era que se encontraba intrigada y algo inquieta con lo que estaba sucediendo. Ella también se había dedicado el día anterior a investigar y averiguar sobre el Sector V-456, aunque había llegado a la misma conclusión: no había nada que llamase la atención en ese lugar. Por esa razón, había reaccionado tan presurosa para responder y hablar.

—Dicen que en tiempos antiguos las personas tenían la costumbre de saludar —sonrió Isaac—, aunque, si me lo preguntas, también me parece una convención social innecesaria en este momento, considerando el apuro y la urgencia de la situación que nos convoca.

En otras circunstancias, Ile lo habría mirado con una cara de complicidad que solamente los dos entenderían. Quienes los conocían solían preguntarse por qué no estaban juntos como pareja, si había una conexión única y especial entre ellos. Pero la respuesta de ambos siempre era la misma: la relación que tenían estaba en un nivel demasiado alto, superior a cualquier clase de deseo emocional, afectivo o romántico propio de la raza humana.

Sin embargo, en este momento no había mucho tiempo para estar mirándose de ninguna forma especial, ya que la situación parecía ser bastante seria.

—Lo siento, desde que llegué siento que hay una tensión extrema en este lugar. Todos andan corriendo, como si hubiese ocurrido una tragedia ¿Será que el habernos pedido venir hoy día tiene relación con este alboroto? —se notaba una evidente tensión en la voz de Ile. No estaba acostumbrada a ese tipo de reuniones ni situaciones. Por su forma de ser, evitaba verse inmiscuida en situaciones conflictivas. Estaba acostumbrada a tener todo bajo control; por eso, aquella incertidumbre la ponía nerviosa. Tenía razón cuando decía que había tensión en el ambiente, todos iban de acá para allá como si se tratase de una desgracia.

—No lo sé, pero está relacionado con el Sector V-456 como nos dijo el coronel, quizás habría motivos para preocuparse, ¿no crees?

—¿Qué podría ser tan preocupante?

—Eso es lo que debemos averiguar. Ayer, después de la llamada del coronel, me puse a investigar sobre ese sector.

—Yo hice lo mismo, pero no encontré nada que nos dijera algo productivo. Y tú, ¿encontraste algo interesante que pudiese ayudarnos a entender lo que está pasando?

Justo en el momento en que Isaac iba a responder, el coronel Pride irrumpió en la sala de reuniones. Su rostro reflejaba preocupación, dando a entender que la situación parecía grave, pero que ni siquiera él tenía muy claro lo que estaba ocurriendo. Entró a la habitación con una taza de café como era su costumbre. Siempre le gustaba tomarlo cargado cuando las cosas no marchaban bien. Decía que lo tranquilizaba; aunque, para ser honestos, normalmente se le veía con su taza de café dondequiera que iba. Isaac trató de pensar alguna ocasión en que no hubiese visto al coronel con su taza de café, pero no lo consiguió.

Caminó con lentitud por la oficina. En el centro había una mesa dispuesta para reuniones, así que tomó asiento en una de las sillas.

—Tomen asiento, niños, por favor —el coronel Pride tenía la costumbre de llamar así a quienes parecían menores de cuarenta años. Aunque había sido soldado por mucho tiempo, podía ser muy paternal cuando lo deseaba. Sin embargo, en otras ocasiones lograba ser muy duro y exigente. Hizo el gesto a Isaac y a Ile para que tomaran asiento, y sorbió un poco de su café.

Edmund Pride era un veterano de guerra que había cumplido misiones especiales para La Cúpula durante décadas. No tuvo que luchar en conflictos bélicos, pues hacía siglos que no se veía una guerra, pero sí había cumplido con diversos trabajos que le habían asignado. Durante cuarenta años se había dedicado a escalar posiciones hasta llegar al puesto que ocupaba en ese momento, cargo que llevaba desempeñando veinte años. Cuando le preguntaban, decía que el tiempo había pasado rápido, pero en ocasiones parecía que pasaba demasiado lento por su cuerpo y se notaba algo cansado. Superaba con facilidad los ochenta años, aunque nadie sabía la edad exacta del coronel y él mismo se había encargado de que quedara como un misterio. El rostro de Edmund siempre parecía preocupado, así que nadie se atrevía a hacerle una pregunta tan trivial y sin importancia. Sin embargo, reconocía resignado que no había pensado que llegaría a vivir tanto tiempo.

Su rostro y cuerpo acusaban el paso del tiempo. Era robusto y alto, aunque últimamente caminaba algo encorvado. Le gustaba presumir de sus logros y condecoraciones, por eso, siempre se le vía con su típico traje de coronel plagado de medallas. Había una en especial recibida años atrás por logros conseguidos que le gustaba ostentar con mucho orgullo.

—Lamento haberlos citado con tanta prisa, pero la situación lo amerita.

—Entonces, coronel —interrumpió Isaac—, no esté dándole tantas vueltas al asunto y dejémonos de formalismos. Cuéntenos qué está ocurriendo en este lugar. Explíquenos por qué tanta prisa en todo el mundo, sobre todo aquí en La Cúpula, por favor.

—¿Tiene algo que ver con el sector que nos señaló ayer, coronel? —se adelantó rápidamente Ile con una voz cauta y dubitativa. Edmund Pride los observó un momento antes de continuar. Su rostro reflejaba un atisbo de ternura por ambos. Notó la preocupación que reflejaban ambos. Dio un largo respiro, se levantó de su asiento, caminó alrededor de la habitación y, por fin, preguntó:

—¿Qué saben ustedes del Sector V-456?

Ile miró a Isaac esperando que respondiera por ambos. Este no tuvo necesidad de preguntarle qué trataba de decir, simplemente lo sabía. Dejándose de formalismos y galanterías respiró profundo, miró a los presentes y se dispuso a hablar.

—El Sector V-456 está ubicado a un *kiloparsec* de distancia de nuestro planeta. Fue descubierto hace unos cincuenta años. Veinte años después, se enviaron algunas sondas para averiguar más información. La primera terminó extraviada en el camino, aunque las razones nunca se supieron. La segunda, un año después, fue a parar a un lugar desierto en el universo, por lo que se desistió de seguir explorando y se tomó la determinación de que ese sector era un camino muerto en el espacio. Finalmente, se dejó de analizar para dar prioridad a lugares más importantes en el espacio que necesitaban atención en aquel momento.

Ile y el coronel escuchaban atentos. En el caso de Ile, siempre había admirado la elocuencia con la que se expresaba en público, realmente tenía facilidad para hablar ante multitudes, aunque nunca había sido muy bueno para socializar en grupos pequeños.

—Tienes razón en todo lo que has mencionado… excepto en un punto que, como te darás cuenta, es fundamental en este caso y muy necesario saber. Ese sector no se dejó abandonado.

Una expresión de extrañeza asomó en los rostros de Ile y de Isaac. Ambos habían leído la misma información, y ese era el conocimiento oficial que se manejaba hacia el público, o al menos hacia los científicos que se interesaban en el tema. Como pudieron concluir, había información oculta que alguien quería que se mantuviese así.

—Tal como dijiste, se enviaron dos sondas para explorar el lugar. Es cierto que una de ellas se extravió en el camino y dejó de transmitir información. Frente a eso, la pregunta que surgió en La Cúpula fue: ¿qué pasó con esa sonda? No es posible que se hubiese perdido de la nada, ¿cierto?

Ile e Isaac asintieron.

—La conclusión a la que se llegó, de acuerdo con lo que nosotros investigamos —respondió Ile—, fue que debe haber golpeado en las paredes del vórtice, lo que hizo que se desintegrara en el camino.

—Esa fue la explicación que se decidió entregar a los medios y científicos interesados en el tema, y se ha mantenido así hasta el día de hoy. Además de los miembros de La Cúpula, un puñado de expertos supo lo que en realidad ocurrió, de los cuales hoy queda solo uno con vida: Alfred Pell.

—¿Y cuál es la verdad, entonces? —a Isaac no le gustaba que dieran tantas vueltas ni dilataran tanto para decir algo. Prefería que las cosas se comunicaran en forma directa y clara, aunque fueran duras o difíciles; consideraba que era lo mejor. Por eso empezaba a impacientarse con bastante rapidez.

—No estoy autorizado para decirles lo que ocurrió… —Iba a seguir hablando cuando Isaac lo interrumpió en forma abrupta.

—Entonces, ¿para qué nos manda a buscar con tanto apuro y urgencia y nos cuenta todo esto si no nos va a decir el resto de la historia? ¡Apostaría a que ni siquiera usted sabe lo que está ocurriendo en realidad!

El coronel Pride fijó su mirada en Isaac. No le agradaba que lo interrumpieran cuando estaba hablando y, de hecho, casi nadie lo hacía; sin embargo, se contuvo de decirle cualquier cosa, no solo porque consideraba que no era momento de discutir pequeñeces, sino también porque comprendía que tanto Isaac como Ile podían ser muy importantes para lo que estaba por ocurrir. Quizás ellos mismos no se daban cuenta de ello, pero lo harían con el tiempo. Así que intentó no prestar atención a lo que había dicho Isaac y prosiguió.

—No estoy autorizado para decirles lo ocurrido —repitió el coronel fijando su mirada en Isaac— sin antes mencionar que la información que están a punto de oír es totalmente confidencial.

—De acuerdo —se apresuró a decir Ile, tratando de quitarle importancia al error que había cometido Isaac al encarar al coronel—, cuéntenos la verdad, por favor.

—Solo les diré en términos muy generales lo sucedido. —Tomó un sorbo de lo poco que le quedaba a su café y continuó—. Cuando fui nombrado coronel de La Gran Ciudad, se me informó una parte de lo ocurrido. Si desean saber más y conocer en detalle los acontecimientos, se ha autorizado a Alfred Pell para decirles la verdad. Se ha citado al profesor a esta reunión; en cuestión de minutos debería llegar para que les cuente con más detalle sobre la situación.

—Esperemos que llegue pronto, porque todo esto ya está comenzando a impacientarnos —alegó de nuevo Isaac. Definitivamente, Isaac tenía problemas con la autoridad. El problema era que desde joven tenía dificultades para aceptar órdenes, en especial de los altos mandos. Solo la mirada penetrante de Ile logró apaciguarlo en cierto grado y hacer que se quedara callado por un momento para que siguiera escuchando al coronel.

—Respecto a esa primera sonda que se envió —dijo Pride haciendo caso omiso al comentario de Isaac—, se dio por desaparecida como ustedes dijeron. Sin embargo, al cabo de unos cuantos meses, cuando ya habíamos dado por superado ese tema, y sin saber cómo ni por qué, volvió a emitir una señal. Esa señal es la que causó preocupación a La Cúpula, que decidió mantenerla en estricta confidencialidad y dejar el caso como una sonda extraviada en el camino.

—¿Y qué fue lo que emitió esa sonda? —preguntó Ile.

—Esa información la desconozco, pero en cualquier momento llegará el profesor Pell. Con él pueden aclarar cualquier duda que tengan.

—Para ser sincero, lo que usted nos acaba de mencionar nos dejó con más dudas todavía, así que tenemos muchas preguntas que hacerle al profesor cuando llegue. Esperemos que sea pronto —intervino Isaac con voz un poco más calmada. Después de la mirada fulminante que le había dado Ile hacía un momento, no le quedó más remedio que bajar sus revoluciones y calmarse. No alcanzó a terminar de hablar cuando la puerta se abrió. Era Alfred Pell.

Capítulo 3

Alfred Pell era un científico de excelencia, de los más respetados en la Gran Ciudad y uno de los pocos sabios que aún quedaban con vida. Todos los estudiantes de astronomía crecían y se preparaban sus postulados, investigaciones y artículos sobre el planeta, el espacio y el universo. Los jóvenes que ingresaban a la universidad anhelaban conseguir la mitad del conocimiento y habilidades que Alfred que poseía sobre distintas materias; hasta Isaac e Ile lo consideraban una eminencia. Para ambos, el simple hecho de pronunciar su nombre era sinónimo de admiración y respeto.

Presencialmente, Alfred no era una persona que llamara mucho la atención, inspiradora o imponente. Ya contaba con varias décadas encima; además, las arrugas que poseía, sumadas al poco pelo que le quedaba y al aspecto más bien demacrado y enjuto, delataban su largo recorrido por la vida. Prueba de su maltrecho estado era el hecho de que mantenía un notorio cojeo al caminar, consecuencia de un accidente ocurrido años atrás que le había deteriorado la rodilla derecha, por lo que se movía apoyado en un viejo bastón.

Sin embargo, no era su físico ni su apariencia lo que lo hacía merecedor de tanto respeto. Su larga trayectoria a cargo del Instituto de ciencia de La Gran Ciudad y su responsabilidad ante La Cúpula, además de las investigaciones realizadas, y un sinfín de artículos e informes astronómicos publicados, lo convertían en una persona admirable.

—Estimado profesor Pell, muchas gracias por venir y acompañarnos en esta oportunidad —se apresuró a decir el coronel Pride, quien también sentía un profundo respeto por el profesor, mientras se acercaba con rapidez para saludarlo—, tome asiento, por favor.

El coronel cogió un asiento que se encontraba en la oficina y lo acercó a la cabecera de la mesa que se encontraba en medio del salón.

—Le agradezco, coronel, pero antes de sentarme quisiera saludar a mis dos colegas, si usted me lo permite —respondió con excesiva formalidad.

—Por supuesto, a usted nunca se le ha negado nada de lo que ha solicitado, y no empezaremos a hacerlo en este momento.

—Muy agradecido. —Alfred se acercó con lentitud, apoyado en su viejo bastón, en dirección a Ile para estrechar su mano—. Señorita Ile, como siempre, es un gusto saludarla.

—El honor es todo mío, señor Pell —respondió algo nerviosa—, es un placer estrechar su mano.

—Llámeme Alfred solamente. Lo de "señor" es innecesario. —Siempre se mostraba bastante agradable ante los demás. Nunca permitió que su prestigio y fama lo hicieran perder la cabeza, ni menos que se volviera una persona orgullosa o arrogante. Eso lo había aprendido hacía mucho. Trataba de ser un hombre sencillo y accesible ante cualquier persona. A pesar de pasar tanto tiempo ocupado, siempre tenía tiempo para quien deseaba conversar con él. Posiblemente, esa humildad y sencillez lo convertía en esa persona aún más admirable. Entonces, se acercó a Isaac.

—Joven André... ¿o prefiere que le diga Isaac?

—Sí, Isaac, por favor. —Aunque sentía gran admiración por el profesor Alfred, Isaac trataba de no demostrarlo en sus palabras ni acciones. Podía haber algo de orgullo en su actitud, algo característico en él, aunque tampoco lo hubiese reconocido.

—¿Cómo van sus investigaciones, joven? ¿está preparado para la convención de la próxima semana? Tengo entendido que usted tiene una intervención en ella. —Alfred se tomaba todo con excesiva calma, tanto que en ocasiones podía impacientar a sus interlocutores. Claro, nunca nadie se atrevía a decirle nada, básicamente porque era Alfred Pell—. He seguido de cerca sus estudios e investigaciones, así como las de usted, señorita Ile. —Esta última expresión provocó que la aludida se comenzara a ruborizar.

—En este momento se encuentran en pausa, debido a esta reunión. —Su forma de responder llegó a escucharse casi en un tono desafiante, atrevido y cortante, pero es muy posible que Isaac ni siquiera se haya dado cuenta. Sin embargo, tanto Ile como el coronel lo miraron con expresión de sorpresa ante ese atrevimiento.

—Entiendo. —Pese a que lo estaban apurando, Alfred se tomaba todo con calma, incluyendo esa situación—. Tal vez siente que debería ir directo al grano y contar todo lo que está sucediendo de una vez por todas, ¿le parece?

—No se preocupe —interrumpió Ile—, mi compañero, en ocasiones, suele ser bastante imprudente con sus palabras, pero no lo hace con mala intención, así que no le haga caso. Está muy interesado en esta situación, al igual que yo.

Isaac miró de reojo a Ile expresándole un atisbo de molestia; sin embargo, en forma muy sutil y utilizando lenguaje no verbal, ella le dio a entender que lo mejor era que se quedara callado y que, al menos en esa oportunidad, lo mejor era que solo se dedicara a escuchar. Isaac entendió el mensaje y decidió guardar silencio. Ile podía ser muy persuasiva y convincente con él cuando se lo proponía.

—Sin embargo —prosiguió Alfred—, el joven Isaac está en lo correcto. Estoy demorando mucho esta conversación, considerando la premura de lo que está sucediendo. Entiendo que ambos de seguro están llenos de dudas e inquietudes. Después de todo, la situación que nos aqueja es bastante anormal. ¿Qué es lo que ya saben de lo que está ocurriendo?

El Coronel Pride, quien hasta ese momento había tomado asiento y se había dedicado a escuchar con atención la conversación, decidió interrumpir para responder la pregunta de Alfred.

—Lo que saben es solo lo necesario, profesor Pell. Les comenté que usted sería el encargado de explicarles con detalle todo lo relacionado a esta situación que estamos viviendo.

Alfred Pell no quedó satisfecho con dicha respuesta, ya que se dio cuenta de inmediato que lo que le acababan de decir eran solo formalismos y que, en realidad, no habían respondido su pregunta. Estaba acostumbrado a que todos trabajaran en función de lo que él decía o pedía. Por lo tanto, que alguien no respondiera su pregunta era algo que no solía ocurrir muy a menudo. Es necesario destacar que esta situación no se daba porque él fuera una persona impositiva o tiránica; todo lo contrario. Alfred se caracterizaba por ser muy cercano y respetuoso con quienes lo rodeaban; sin embargo, era tal el respeto que le tenían que todos se esforzaban por mantener cumplidas sus necesidades. De todas formas, para evitar hacerse más problemas y desviar el tema de la conversación, asumió que ambos jóvenes conocían lo estrictamente necesario para explicarles lo que en realidad estaba sucediendo.

—Como ustedes saben, o probablemente deben haber estudiado y aprendido en sus clases e investigaciones, hace cincuenta años se descubrió un vórtice, un sector a poco menos de un kiloparsec de distancia. Es uno de los más cercanos de los que se tiene conocimiento. Los miembros de La Cúpula tardaron alrededor de veinte años para autorizarnos a enviar una sonda y así averiguar sobre ese sector y conocer un poco más de él. El objetivo era investigar y determinar el camino que recorría el agujero negro que había allí. Quizás ustedes piensen que el tiempo que demoramos fue mucho —Isaac e Ile asintieron—, pero La Cúpula siempre tiene sus motivos para aprobar o demorar ciertas situaciones.

»Se envió una primera sonda para reconocer la ruta que seguía ese agujero y observar si es que había algún lugar importante que considerar en términos científicos, pero por alguna extraña situación que no pudimos descubrir en ese tiempo, esta sonda se perdió en el camino y dejó de transmitir información. Pasado un tiempo, cuando nos dimos cuenta de que la sonda no aparecería, decidimos enviar una segunda, esto fue un par de meses después. Sin embargo, descubrimos que terminó llegando a un lugar vacío e inhóspito en el universo, por lo que tomamos la decisión de declarar aquel agujero como un lugar muerto en el espacio y dejamos de perder más tiempo en aquel lugar.

»Más o menos un años después de haber enviado la primera sonda, cuando ya nos encontrábamos ocupados en otros asuntos y habíamos olvidado por completo el Sector V-456, la primera que habíamos enviado, comenzó a emitir señales de nuevo. Como les decía, ya habíamos dado por perdido aquel aparato; por lo tanto, volver a recibir señales fue realmente sorpresivo para todos quienes trabajábamos allí y conocíamos el tema. Como una suerte de presagio, La Cúpula decidió darle completa confidencialidad a lo que se iba a realizar desde ese instante en adelante, así que solo tres científicos, incluyéndome a mí, trabajamos y analizamos la información que aquella sonda iba a transmitir. Era como si hubiesen sabido lo que estaba por ocurrir.

Tanto Ile como Isaac estaban muy atentos lo que relataba Alfred, impacientes por saber la verdad. En el caso de Ile, no tenía problemas en demostrarlo. Isaac, por el contrario, intentaba disimular ese deseo de saber, tratando de expresar cierta indiferencia y despreocupación, aunque en realidad deseaba conocer todo lo que estaba ocurriendo.

—¿Y qué fue lo que descubrieron? —preguntó con impaciencia Ile.

Alfred observó con cierta ternura a Ile, como si fuera una pequeña niña que solicitaba con vehemencia un dulce. Tenía cierto aire paternal cuando lo deseaba, y justo en ese momento, al ver a Ile deseando saber más, esa característica comenzó a relucir.

—Pequeña, así como tú, nosotros teníamos la misma curiosidad por saber qué era lo que transmitía esa sonda. Durante algunos días solo hubo algo de interferencia en la señal que emitía, no se veía absolutamente nada, ninguna nitidez en las imágenes ni tampoco podíamos escuchar nada. Parecía que la sonda estaba en ninguna parte o que, por el tiempo que había estado perdida, no estaba funcionando bien. —En ese punto hizo una pausa antes de continuar—. Cuando pensamos dejar botado el proyecto, ya que, según nosotros, no servía para nada, de pronto cierto día el panorama comenzó a aclararse.

Los ojos de Ile y de Isaac estaban abiertos de par en par, atentos y expectantes. Incluso, sin darse cuenta, hasta el coronel Pride estaba escuchando con atención, completamente intrigado con lo que el profesor estaba relatando.

—Lentamente, la señal se fue aclarando hasta que todo se pudo ver con nitidez.

—¿Y qué fue lo que vieron? —preguntó Isaac, dejando de lado ese aire despreocupado que había intentado mantener, ahora con evidente interés.

—Al comienzo fue solo un pequeño destello, una luz que iluminó la sonda y el reflejo de lo que parecía ser una nave a lo lejos acercándose.

Ile miró a Isaac con preocupación y duda, así que comentó con algo de inseguridad:

—Habrá sido una nave nuestra, tal vez.

—Nosotros pensamos lo mismo por un momento, pero nos dimos cuenta de que era imposible que una nave nuestra hubiese llegado tan lejos. La sonda se encontraba ya a varios años luz del inicio del vórtice, y ninguna nave se hubiese adentrado en ese lugar sin antes haber conocido la ruta y menos sin autorización de La Cúpula. Además, a medida que se iban acercando, la imagen se fue aclarando cada vez más y nos dimos cuenta de que la forma de la nave era del todo distinta, no era igual a las naves que teníamos en nuestra flota ni algo que se le pareciera.

—Entonces, ¿de dónde salió esa nave? —volvió a preguntar Ile con mucha curiosidad, algo temerosa pensando en la respuesta que podía darles el profesor. Isaac, mientras tanto, se encontraba sumido en sus propios pensamientos, especulando ya la posible respuesta que podrían recibir de parte de Alfred.

—Un momento, señorita, que todavía no he terminado de contar lo que ocurrió. —Alfred parecía algo divertido contando su historia, como si por fin tuviese la oportunidad de hablar lo que había callado por tanto tiempo. Por supuesto, no era que le divirtiera el tema, sino más bien le atraía la idea de que otras personas pudiesen conocer la historia completa—. Una vez que la nave se acercó lo suficiente, pudimos observar cómo se abría una compuerta y absorbía la sonda.

Tanto Ile como Isaac, e incluso el coronel Pride, estaban atónitos con lo que estaba contando Alfred. Les costaba creer lo que estaban oyendo. A pesar de eso, el profesor prosiguió con su relato.

—Nuestra mayor sorpresa fue cuando alcanzamos a ver la figura de alguien que se acercaba a la sonda y la tomaba con sus manos —dijo esto y tomó su bastón. Lentamente se puso de pie para caminar por la sala observando los rostros estupefactos y asombrados de Ile e Isaac. Por otro lado, el coronel Pride intentaba mantener la postura formal que lo caracterizaba, aunque a esas alturas la historia que estaba contando Alfred podía descomponer a cualquier persona.

Ile e Isaac murmuraban entre sí como negándose a creer lo que estaban escuchando. Isaac decidió tomar la palabra e interrumpir el relato del profesor Pell.

—¿Una persona? —preguntó con cierta incredulidad— ¿están seguros de que era una persona?

—Así es, jovencito —respondió Alfred mientras volvía a su asiento con lentitud—, claramente pudimos identificar la silueta de una persona, como la suya o la mía.

—¿Y qué pasó después? —preguntó Ile mientras Isaac se revolvía incómodamente en su asiento tratando de entender y asimilar lo que estaba ocurriendo.

—Nada. No pasó nada más. La sonda comenzó a mostrar interferencia de nuevo y después dejó de funcionar. Fue como si alguien la hubiese apagado.

Las palabras de Alfred Pell calaron hondo tanto en Isaac como en Ile, pues no fueron capaces de pronunciar palabras por un buen rato. Con todo respeto y paciencia, Alfred les concedió el tiempo necesario para que pudieran reponerse de la noticia y volver a la conversación. Fue un largo momento para que ambos volvieran en sí después de lo que habían escuchado. Luego de un rato, Isaac decidió preguntar con algo de temor, no muy convencido de querer oír algo que pudiese asombrarlo aún más.

—Pero entonces, díganos, ¿quién era esa persona?

Alfred miró por un momento a Isaac, luego a Ile y finalmente al coronel Pride. Hizo una pausa y luego respondió:

—Esa, estimados colegas, era la pregunta que debíamos responder.

Capítulo 4

Ni Ile ni Isaac podían reponerse del todo ante semejante información y el descubrimiento del cual se acababan de enterar. ¿Qué podía significar lo que acababan de escuchar? ¿Sería posible que sus inquietudes se hicieran realidad? ¿Acaso era que no estaban solos en el universo? Aquella pregunta solía rondar de vez en cuando por la mente de algunos científicos o de algunos novelistas de ciencia ficción. Incluso, en algunas ocasiones se realizaban expediciones e investigaciones buscando alguna señal de vida en otras partes, pero siempre llegaban a la misma respuesta: no pasaba de simples teorías e imaginación de quien las señalaba. Pero en este momento, todo parecía indicar que la ficción empezaba a convertirse en realidad.

Mil ideas daban vueltas y rondaban por la mente de Isaac. En ese instante, recordó varios *hololibros* que había leído durante su juventud. Libros que hablaban del encuentro con otras civilizaciones, con otros mundos, en algunos casos con beneficios para ambas partes, mientras que, en otras situaciones, con consecuencias nefastas para la humanidad. Claro, lo que leía no eran más que textos de ficción, ahora esto era muy distinto. En ese momento, Isaac se preguntaba que, si esto llegaba a ser una posibilidad real, cuál de las dos opciones se apegaría a la realidad que estaban viviendo: si vendrían en son de paz o serían hostiles.

Pensaba en todos los viajes que se habían realizado, sondas que se habían enviado buscando formas de vida en otros planetas sin conseguir nada. Por una parte, daba cierto temor un descubrimiento semejante, mientras que, por otro lado, ¿no era acaso la fantasía y el sueño de todo astrónomo encontrar vida extraterrestre?

Por otra parte, habían pasado ya veinte años desde que había ocurrido todo eso y, hasta ese día, no tenían ninguna novedad al respecto. Nadie tenía conocimiento de este acontecimiento y nadie había dicho nada tampoco. En todos los años que llevaban trabajando en el área, nunca nadie había comentado sobre este tema. Isaac pensaba en todos sus años de estudio, nunca había encontrado nada al respecto ni leído algo que se le pareciera desde sus años de universidad… nada. ¿Por qué nunca había sabido sobre ese tema? Además, todo había pasado hacía veinte años. La gente había vivido todo ese tiempo ignorante al respecto, haciendo su vida normal, como si nada extraño ocurriese. ¿Sería para preocuparse tanto o simplemente podría haber sido un error y, tal vez, lo que sea que había aparecido quizás solo haya estado de paso? En realidad, todo parecía demasiado confuso.

Mientras su mente divagaba, Isaac había olvidado por completo que aún seguía en aquel salón junto al profesor Alfred, el coronel y su amiga Ile. Parecía que los demás presentes habían estado esperando a que terminara con sus pensamientos, ya que por un momento hubo un largo silencio, como si todos hubiesen necesitado haberse tomado una pausa para digerir y procesar lo que acababan de escuchar.

—Señores —interrumpió de pronto el coronel Pride—, no olviden que el motivo de esta reunión no es lo que sucedió hace veinte años, sino lo que está ocurriendo en este momento. Lo que comentó el profesor es solo información para poner en contexto. —Se dirigió al profesor—. Profesor Pell, por favor, ¿puede continuar explicando lo que está ocurriendo en la actualidad en relación con el Sector V-456? Después de todo, son los acontecimientos recientes los que nos convocan en esta ocasión.

—Por supuesto —dijo el profesor Pell dirigiendo su mirada de nuevo a Ile e Isaac—. Como muy bien dijo el coronel, en realidad el motivo de esta reunión no es para hablar sobre lo ocurrido hace veinte años.

—Pero ciertamente nos ha ayudado contextualizar la información, ¿no le parece? —intervino Ile.

—Claro, obviamente era información necesaria que debían saber. Me refería a que, en este momento, lo que nos convoca y nos interesa son los sucesos recientes que han ocurrido.

—¿Y cuáles serían esos sucesos recientes, como para ir directo al tema? —preguntó Isaac levantando una ceja con cierta impaciencia—. ¿Sería posible ir directo al grano y explicar de una vez por todas lo que está sucediendo para saber por qué nos llamaron con tanta urgencia?

—Paciencia, joven —repuso con tranquilidad Alfred Pell, como si todo hubiese estado bien y no hubiera necesidad de tanta premura, algo que no concordaba con lo que sucedía en el ambiente, por cierto—, todo lo que ha estado sucediendo ahora está muy relacionado con lo que pasó hace veinte años. Por esa razón, era tan importante que conocieran la historia desde el comienzo.

—Entiendo lo que usted dice, profesor —mencionó Isaac tratando de calmarse un poco—, es solo que llevamos un buen rato conversando y aún no nos han dicho el motivo de esta reunión, y ya empiezo a ponerme bastante inquieto. Y estoy seguro de que la doctora Ile, aunque no quiera mencionarlo, debe sentirse de manera similar.

Durante un instante todas las miradas se posaron sobre Ile, quien asintió con timidez sin decir una palabra.

—Pues bien, ya que por lo visto es tanto el apuro de ustedes y de todos, es momento de contarles el motivo de esta reunión y de que estén aquí —se apuró a decir Alfred, aunque con la misma tranquilidad que lo había caracterizado en todo momento—, y tiene que ver precisamente con ese sector donde ocurrió lo que les acabo de contar hace un momento.

»Luego de ocurrido lo que ya les mencioné, decidimos dejar en aquel sector un radar para estar monitoreando cualquier actividad o anomalía que pudiese ocurrir. Sin embargo, como era un acontecimiento de altísima importancia, se decidió mantener la información con la máxima discreción y en total confidencialidad. Por esa razón, solo unas pocas personas conocen y han estado monitoreando la actividad en aquel lugar.

Parecía que por fin estaban prontos a llegar a una respuesta, así que tanto Ile como Isaac prestaron máxima atención a lo que Alfred estaba por contarles. No deseaban perderse detalle de lo que les pudiese decir. El profesor Pell se acomodó en su asiento y prosiguió con su relato.

—Hace unos días, mientras hacíamos algunas pruebas e investigaciones, el radar que dejamos ubicado en el Sector V-456 se activó y comenzó a mostrar cierta actividad. Después de veinte años inactivo, nos empezó a arrojar información que, para ser sinceros, nos sorprendió a todos.

—¿Dice usted que algo apareció en ese sector? —preguntó Ile.

—No, aún no ha aparecido nada. Solo mencioné que el radar mostró señales de actividad. Un rastro de movimientos en las ondas de aquel agujero.

—Eso puede ser señal de que algo o alguien se encuentra recorriendo ese espacio, ¿no? —intervino Isaac—. Puede ser una nave, por ejemplo. O muchas, quizás.

—Exacto —interrumpió el coronel Pride, quien hasta ese momento había escuchado la conversación—, eso es precisamente lo que nos preocupa. Imagínense las implicancias que podría tener el hecho de que se descubriera que una forma de vida, o una nave, o las que sean, aparezcan por ese sector.

—¿Y qué tienen pensado hacer al respecto? —preguntó Ile con evidente preocupación.

—Desde el momento en que nos enteramos de la actividad en dicho lugar, di la orden de desplegar una flota de combate para interceptar cualquier cosa que pudiera poner en riesgo nuestra seguridad.

—Pero coronel —dijo Ile tratando de calmar los ánimos del oficial, que comenzaba a agitarse mientras hablaba—, ni siquiera saben qué es lo que hay en ese lugar. Podría ser cualquier cosa. Y, por último, si fuese alguna forma de vida extraterrestre, tampoco sabemos si son amigos o enemigos. ¿Qué tal si fuese alguna forma de vida pacífica que nos permita obtener un beneficio mutuo para conseguir cosas inimaginables, como tecnología avanzada espacial, por ejemplo?

—Ciertamente, es una posibilidad. Pero no podemos permitirnos el riesgo de averiguar en el momento si aquello que se encuentra viajando es algo pacífico. En este momento, no me interesa especular con los posibles beneficios de algo que no conocemos. Nuestro deber es garantizar la protección, seguridad y supervivencia de nuestro planeta. Por eso, al más mínimo atisbo de riesgo o peligro, nuestras tropas y nuestra flota de naves tienen la instrucción de atacar.

—Ok, entendemos su despliegue militar para demostrar poderío y fuerza —dijo Isaac sacando a relucir una vez más su personalidad desafiante con su tono irónico—, pero la duda es —señaló a Ile—, ¿qué tenemos que ver nosotros en este asunto? ¿por qué nos mandaron a buscar si pareciera que ya tienen todo bajo control? Nosotros no somos militares, por lo tanto, no podemos ayudar mucho en ese tema. Somos científicos.

—Dejaré pasar su atrevimiento una vez más, joven —dijo con voz áspera el coronel Pride cambiando la orientación de la conversación—. No lo hago porque me agrade su tono de voz, sino porque, por alguna razón, La Cúpula desea que ustedes estén presentes. Al parecer, los consideran valiosos, sobre todo en esta situación. Han puesto sus ojos en ustedes y esperan que logren grandes avances y descubrimientos. Por esa misma razón, nos pidieron en forma expresa que ambos estén presentes y enterados de lo que está sucediendo para que nos ayuden con sus aportes.

—¿Y de qué forma podemos aportar? —consultó Ile tomándole el brazo a Isaac pidiéndole calma—, nosotros simplemente somos dos jóvenes que trabajamos en los puntos más alejados de esta ciudad. ¿Qué podemos hacer para ayudar?

—No crean que por ser jóvenes son de poca importancia —dijo Alfred, quien había mantenido silencio durante un tiempo, dedicándose principalmente a escuchar la conversación que mantenía Isaac con el coronel—, no piensen que su juventud es un impedimento para lograr cosas importantes. Yo comencé mis investigaciones siendo un joven como ustedes y miren dónde me encuentro en este momento. Les aseguro que su protagonismo llegará muy pronto, y ni siquiera se darán cuenta de la relevancia que tarde o temprano tendrán. Solo deben esperar y estar muy atentos a que llegue ese día, se los aseguro.

Isaac sintió el impulso de hablar, pero en ese instante un recuerdo en su mente lo interrumpió. Al escuchar las palabras del profesor Alfred Pell, algo en su interior comenzó a molestarlo de manera profusa. Tuvo la sensación de que antiguamente ya le habían dicho palabras similares. Al principio no pudo recordarlo, pero luego de un momento, tras hacer memoria por un instante, pareció como si todo se aclarara de repente. Recordó que hacía muchos años, cuando él era muy pequeño, su padre le había dicho poco tiempo antes de marcharse: "Hijo, hay muchas cosas que no entiendes ahora, pero llegará el día en que lo harás. Cuando eso ocurra sabrás por qué hice todo lo que estoy por hacer. Y lo más importante, estoy seguro de que tú serás alguien muy destacado en el futuro. Harás cosas grandes que me harán sentir orgulloso". Isaac no había entendido en ese momento las palabras de su padre; por supuesto, apenas era un niño cuando se las dijo. Durante muchos años, solo se concentró en lo que su padre había hecho, solo pensaba en el momento en que los había abandonado a él y a su familia. Por eso, se sintió muy molesto con él por bastante tiempo; sin embargo, ahora, al recordar sus palabras y relacionarlas con lo que dijo Alfred, su sensación era distinta. Meditó un momento esas palabras y trató de entender. En ese instante, Isaac no sabía que las palabras de su padre y las de Alfred serían casi proféticas… pero pronto lo averiguaría.

Capítulo 5

—A propósito —preguntó Ile—, nos acaban de decir que esta información es confidencial, ¿cierto?

El coronel y el profesor asintieron.

—Entonces, si es así, ¿cómo es que todo el mundo parece vuelto loco en este lugar? Pareciera que quienes aquí trabajan saben lo que está ocurriendo. ¿No se supone que muy pocas personas están enteradas de todo esto?

—Señorita Ile —repuso el doctor Alfred Pell—, me gusta su forma de pensar tan aguda e inquisitiva. Como bien dijimos, es verdad que en un principio solo unas pocas personas sabían de esta situación. Sin embargo, frente a los eventos que están ocurriendo en la actualidad, se hizo inevitable informar a otros. Es cierto que no saben con detalles lo que está pasando como ustedes, pero sí están en conocimiento de que algo sucede y se esfuerzan por hacer su trabajo sin hacer mayores preguntas. Esa es política de La Cúpula: obedecer sin reparos y sin cuestionar, ¿logro explicar mi punto?

—Imagino que sí —respondió Ile sin mucho convencimiento—. Podríamos decir que trabajan como autómatas, ¿no?

Hasta Isaac se sorprendió y miró extrañado a Ile por su comentario. No era de las personas que respondieran de esa manera, aquello lo dejaba reservado para el propio Isaac. Hasta ella misma se sorprendió un poco de su respuesta.

—Si usted prefiere llamarlos de esa forma, está en libertad de hacerlo, jovencita.

Mientras mantenían aquella discusión sobre la autonomía de los trabajadores, un pequeño golpeteo se escuchó en la puerta de la oficina donde se encontraban. Alguien deseaba entrar, pero sin intenciones de interrumpir la conversación.

—Adelante —repuso el coronel Pride. Un funcionario de La Cúpula entró vacilante a la oficina. Era de baja estatura, algo regordete con poco pelo, y demostraba tener un rostro nervioso por haber interrumpido.

—Disculpen mi intromisión —dijo titubeante—, coronel Pride, hay algo en el radar que necesita ver.

—¿Qué sucede? —respondió en forma trepidante.

—Creo que es mejor que lo vea con sus propios ojos, coronel.

—Está bien, voy en seguida. —Se dirigió al profesor—. Si gusta, Alfred, quisiera que me acompañe, por favor, para estar al tanto de lo que ocurre.

—Me parece bien, Edmund, realmente me gustaría saber bien lo que está ocurriendo. Además, creo que ya hemos conversado todo lo que necesitaban saber estos dos muchachos por ahora. Vamos.

Mientras Alfred se disponía a salir de aquella oficina, Edmund Pride se detuvo un momento. Dio media vuelta y se dirigió a los dos científicos, que estaban contrariados y confundidos por lo que estaba sucediendo; más ahora que se retiraban de la oficina para dejarlos solos.

—Pueden esperar aquí mientras vemos qué está sucediendo, por favor.

—Espere, ¿es que acaso pretenden dejarnos así sin más, solos en ésta habitación y sin saber lo que está pasando? —señaló Isaac con evidente molestia.

—Supongo que esto les dará algo de tiempo para conversar, poner en orden sus ideas y compartir sus apreciaciones respecto a lo que se acaban de enterar, ¿no les parece? —señaló con desazón por la reacción de Isaac, quien no quería admitir que le parecía una excelente idea la del coronel Pride. Se moría de ganas de conversar con Ile sobre lo que habían escuchado. Además, deseaba contarle lo que había sentido hacía un momento acerca de su padre y las palabras de Alfred Pell. Después de todo, ese sentir lo había guardado muy en su interior, hasta lo había olvidado ya. Nunca había hablado con nadie respecto a su padre, y menos sobre ese comentario de tantos años atrás—. En todo caso, joven, es solo un momento. Les aseguro que apenas sepamos más información vendremos por ustedes para que nos ayuden.

—Un momento, coronel —se apresuró a decir Ile antes de que Edmund Pride saliera de la habitación—, ¿podría decirnos dónde conseguir algo para beber?, ¿algo caliente? Me gustaría tomar un café y estoy segura de que Isaac se muere por una taza de té. —Observó a Isaac, quien asintió.

—Por supuesto. Le informaré a uno de nuestros guardias de inmediato para que los lleve a algún lugar donde puedan tomar algo.

El coronel Edmund Pride y el profesor Alfred Pell abandonaron la habitación. Sin duda, la situación era crítica y, al parecer, las cosas no se veían con muy buenos ojos.

—¿Qué opinas? —se apuró a preguntar Ile algo más calmada después de aquella confusa conversación, mientras seguían sentados en la oficina esperando a que llegara el guardia que los llevaría a tomar algo.

—Creo que las cosas no pintan nada de bien. Siento que aún hay cosas que no nos han dicho.

—¿Cosas como qué?, ¿piensas que nos están ocultando información?

Justo en el momento en que Isaac iba a responder, entró un guardia a la oficina con un rostro serio y de muy pocos amigos.

—Acompáñenme.

Ile e Isaac se miraron un momento. No parecía muy amable, pero no les quedaba otro remedio que hacerle caso. Fue un trayecto breve hasta llegar a un dispensador de líquidos. El guardia les hizo el gesto de que podían servirse lo que quisieran, así que Ile tomó la iniciativa para prepararse un café con algo de leche, mientras que Isaac buscó alguna infusión. Encontró un té con sabor a naranja y se lo preparó. Cuando obtuvieron sus bebestibles, el guardia, que había estado esperando en silencio cerca de ellos, les dio la instrucción de que lo siguieran de nuevo para llevarlos de vuelta a la habitación anterior. Una vez a solas en la oficina, continuaron conversando.

—¿Por qué dices que nos están ocultando información?

—No lo sé en realidad, solo es una corazonada, pero me preocupa lo que está pasando. Además —hizo una breve pausa y bebió un poco de su té—, hubo algo que dijo el profesor Pell que me dejó pensando y me trajo a la memoria un recuerdo del pasado.

—¿Qué cosa? —, Ile podía ser muy curiosa cuando lo deseaba, más aún cuando se trataba de temas relacionados con su amigo.

—Cuando el profesor habló sobre la importancia que ambos teníamos en esta situación, me hizo recordar a mi padre.

—¿Tu padre? Pero, según lo que me has contado, no lo has visto desde que eras pequeño ¿Qué podrías recordar de él? —Ile trató de hacer memoria respecto a las pocas veces que Isaac había hablado sobre su padre, y solo pudo recordar la ocasión en que le contó que los había abandonado cuando apenas era un niño.

—Sí, cuando el profesor Pell habló, me hizo recordar palabras muy parecidas a las que una vez dijo mi padre.

—¿Y puedes recordar lo que dijo tu padre todavía? ¿a pesar de que ya pasó tanto tiempo?

—Sí, aunque es verdad que él nos abandonó hace muchos años, durante un tiempo estuve recordando aquellas palabras. Al principio no las entendí bien; de hecho, con el tiempo hasta las había olvidado, pero en este momento volvieron a mi memoria.

—¿Y por qué habrá dicho esas palabras? ¿tendrá algo que ver con lo que está ocurriendo ahora? No creo que haya sabido que iba a suceder todo lo que está pasando.

—¿Cómo podría haber sabido? Hasta donde sé, él no tenía nada que ver con este tema. Era un simple granjero que trabajaba la tierra hasta que un día tomó sus cosas y desapareció. —Esto último lo dijo con un tono de rabia evidente.

—Quizás hay cosas que no sabías. Es posible que él haya sabido más de lo que te imaginas, o haya estado envuelto en algún tema que desconoces. El problema es que ahora no tenemos cómo averiguarlo. ¿Nunca volviste a saber de él?

—No. Desde el momento en que se fue, mi madre prefirió no volver a hablar más de mi padre. Decidió que fuera así para no seguir sufriendo por él, consideraba que no valía la pena hacerlo. Por esa misma razón, en la casa tampoco se habló más del asunto. Fue como si nunca hubiese existido para nosotros. Parecía como si mi madre hubiese sabido que tarde o temprano se iba a ir, así que tuvo que aceptar resignada cuando ocurrió. Al principio la veía algo triste, decaída, pero poco a poco fue aceptando la realidad. Y nosotros con mi hermana no tuvimos la posibilidad de preguntar ni saber más de nuestro padre, aunque la verdad, durante mucho tiempo, sentía tanta molestia que tampoco quería saber de él.

—Pero tú eras muy pequeño, ¿cómo podrías haber sentido molestia o rabia? Quizás tu madre fue la que les transmitió ese sentimiento, ¿no te parece?

—No lo sé, es posible. Solo recordaba que no me gustaba ver triste a mi madre, y eso me molestaba mucho.

—Sí, entiendo ¿Y tienes algún recuerdo de tu padre, algo aparte del momento en que se fue?

—En realidad, son muy pocos los recuerdos que tengo —Isaac meditó un momento—. Aunque ahora que hago memoria, recuerdo que tenía una pequeña oficina en una de las habitaciones de nuestra casa, pero nosotros teníamos estrictamente prohibido entrar. Decía que ahí tenía guardado un tesoro que nadie podía ver. Pensábamos que estaba algo loco por hablar de esa forma, pero era su forma de ser nomás. Fuera de eso, no tengo más recuerdos suyos. Solía ser una persona muy reservada y callada.

Por un momento Ile meditó en lo que le estaba contando su amigo. Parecía que intentaba descifrar un código secreto, aunque en este caso su esfuerzo estaba dirigido a descifrar algún mensaje o información del padre de Isaac.

—Tal vez sí te quiso decir algo, Isaac. Quizás en esa habitación había algo importante que debías descubrir.

—¿Tú crees? Pero ¿qué cosa importante podría tener un simple granjero como él?

—No lo sé. ¿Tienes alguna manera de averiguarlo?

—Sería cosa de preguntar a mi madre, o de ir a la casa y buscar en esa oficina para ver si hallamos algo, pero en este momento no podemos hacerlo… En realidad, creo que deberíamos concentrarnos en asuntos de mayor importancia, ¿no te parece?

—Sí, tienes razón, de todas formas, lamento lo que me cuentas, querido amigo. Debió haber sido difícil para ustedes, y para tu madre haberlos criado sola a ti y a tu hermana. Pero, por lo visto, hizo un buen trabajo. —Una sonrisa se asomó en el rostro de Ile, e Isaac se la devolvió. Por un momento, ambos olvidaron el motivo por el que se encontraban en aquel lugar. Parecía como si en aquel instante hubiesen tenido una conexión única que solo los dos eran capaces de realizar. Guardaron silencio y se miraron uno al otro. De pronto, Isaac volvió en sí.

—Gracias por tus palabras. —Guardó otra vez silencio mientras reflexionaba en lo que estaba hablando con Ile, sintiendo gratitud en su corazón por el trabajo que había hecho su madre por él y su hermana. De pronto, recordó la razón por la que estaban en ese lugar—. Volviendo a temas más importantes, ¿te parece que lo que está ocurriendo es grave?

—Me parece que sí. Si todo es como dicen, entonces estamos frente a un suceso que puede cambiar el rumbo de nuestra historia. Eso es preocupante, ¿no te parece?

—La verdad, sí, creo que debe ser para preocuparse. ¡Imagínate! Vida en otros planetas, algo que, aunque siempre lo pensamos y en ocasiones hasta lo hemos deseado, nunca habíamos podido comprobar... hasta ahora. La pregunta que me hago en este momento y que pienso que todos nos la hicimos alguna vez es: si hubiese vida en otros planetas, ¿sería pacífica u hostil?

—Sí, tienes razón. Me hice la misma pregunta. Pero bueno, respecto a eso, ya el coronel se encargará de averiguarlo y, por lo que veo, está forzando la situación para convertir a los visitantes en seres hostiles. Espero que no se apresure y genere un conflicto de magnitudes aún mayores.

El coronel Edmund Pride y el doctor Alfred Pell se dirigieron por un largo pasillo en las instalaciones de La Cúpula hasta que entraron a la oficina de operaciones, esperando tener novedades respecto a la situación.

—¿Hay alguien que me pueda explicar lo que está sucediendo, por favor? —dijo el coronel con cierta tensión en su voz, observando a su alrededor, buscando a alguien que pudiese darle alguna respuesta. Durante un momento, hubo un silencio nervioso y tenso en aquel lugar. Nadie se atrevía a hablar. La sola presencia del coronel junto con el profesor Pell marcaba una notoria incomodidad en el ambiente. El coronel comenzaba a perder la paciencia frente a ese silencio que no acababa. Solo esperaba que alguien le explicara lo que estaba ocurriendo, pero no había respuesta.

—Coronel —se escuchó una voz algo tímida desde el fondo de aquella oficina. Era una asistente llamada Jav, quien estaba a cargo de monitorear la actividad del Sector V-45—, hemos estado atentos a cualquier actividad del cuadrante que nos ordenó vigilar. Durante varios días no había ocurrido movimiento alguno.

—Eso ya lo sé —respondió el coronel perdiendo la paciencia—, no quiero que me digan cosas que ya conozco, lo que deseo es que alguien me diga algo que no sepamos, ¿hay alguna novedad en aquel sector? —Edmund Pride no solía enojarse con facilidad. Más bien era calmado para responder, aun en su puesto de autoridad; sin embargo, dadas las circunstancias que estaban ocurriendo en ese momento parecía más preocupado de lo habitual.

—Perdone, señor —respondió Jav sumamente nerviosa, hasta algo asustada—, lo que quería comentar es que, desde hace unas horas, el Sector V-456 ha vuelto a presentar actividad anormal. Por esa razón, lo llamamos para que esté al tanto de lo que está sucediendo y nos indique las órdenes que espera que sigamos.

Alfred Pell, quien hasta ese momento estaba prestando atención a la conversación, decidió interrumpir dirigiéndose al coronel.

—Pride, ¿qué pasos pretende seguir en este momento?

—Como es de su conocimiento, profesor, una flota de naves está lista para que, ante la primera orden, se dirija presurosa a aquel sector para hacer guardia y esperar si aparece cualquier cosa para interceptarla.

—Pero coronel —la voz de Alfred parecía preocupada—, ¿no le parece que está siendo muy precipitado su actuar? ¿Qué pasa si al hacer eso provoca un problema aún mayor del que ya tenemos?

—¿Y prefiere usted que nos arriesguemos a que, sea lo que sea que haya en ese lugar, pueda ser hostil y nos ataque sin estar preparados? Yo no voy a exponerme a que eso suceda.

—Espero, sinceramente, que no se equivoque, coronel —Alfred parecía resignado.

—Yo espero lo mismo, profesor, pero no nos queda otra alternativa.

Capítulo 6

Los dos científicos seguían esperando en la oficina de reuniones. El café y el té que se habían servido habían desaparecido hacía ya un buen tiempo. Había transcurrido bastante rato desde que el profesor y el coronel habían dejado aquella habitación. Aún no volvían y tampoco se veía atisbo de que fuesen a regresar pronto. Durante un instante, hubo un silencio largo y prolongado entre Ile e Isaac. Por una parte, ella trataba de mantener la calma comiéndose las uñas, un hábito que tenía desde antes que Isaac la conociera. Aunque no le gustaba esa mala costumbre, y se lo decía cada vez que podía o la veía ejecutándola, cierta parte de él encontraba hasta tierno ese acto infantil. Por otro lado, Isaac no disimulaba su impaciencia en su larga espera. Se paseaba de un lado a otro de la oficina, esperando que pronto alguien pudiese entrar e informarles respecto a lo que estaba ocurriendo.

—Han pasado varias horas y todavía no regresan —señaló Ile—. ¿Qué estará pasando? Me siento muy intranquila con todo esto.

—No lo sé, pero ya no aguanto más aquí encerrado sin que nos digan nada sobre todo esto. Voy a ir a buscar respuestas.

—¿Te parece buena idea? ¿No será mejor esperar como nos dijeron? Ya llegarán.

—Es que han pasado varias horas y no hay rastros de que venga alguien. Necesitamos respuestas.

Isaac se dirigió hacia la puerta, a pesar de los intentos de Ile por disuadirlo. Al abrirla, se encontró con el mismo guardia de antes. Se encontraba custodiando la entrada y salida de personas. En este caso, al parecer, cuidaba que nadie saliera de aquel lugar.

—¿Puedo ayudarlo en algo, profesor? —dijo el guardia calmado, pero con firmeza.

La presencia del vigilante lo tomó por sorpresa y, a pesar de que momentos antes lo había acompañado a preparar un café, se puso un poco nervioso; algo extraño en él.

—Necesito encontrar al profesor Alfred o al coronel Pride para que nos expliquen qué está pasando aquí.

—Lo siento, profesor, pero tengo órdenes estrictas de que ustedes no pueden salir de este lugar hasta que indiquen lo contrario.

—¡¿Qué?! —Ya se había repuesto de la impresión de ver a ese guardia custodiando la entrada—. ¿Está diciendo que estamos prisioneros en este lugar?

Ile, quien seguía sentada comiéndose las uñas, al escuchar esas palabras se levantó de inmediato de su asiento y se dirigió a la entrada, parándose junto a Isaac para saber lo que estaba sucediendo.

—No, señor —repuso trepidante el guardia—, solo se encuentran retenidos hasta que vengan a buscarlos.

—Pero eso sería lo mismo a estar detenidos —intervino Ile.

—Puede llamarlo como usted desee, señorita —dijo de manera tosca el guardia—, solo le puedo decir que tengo instrucción de no dejarlos salir hasta que los vengan a buscar.

Isaac e Ile se quedaron sin palabras. Como no supieron qué responder, no les quedó más remedio que cerrar la puerta y volver a su lugar. Se observaron tratando de encontrar alguna explicación, pero solo encontraron miradas perdidas sin saber qué hacer. No tuvieron otra opción que esperar hasta que llegara alguien con alguna respuesta que pudiese ayudarlos a entender por qué estaban encerrados en ese lugar.

No tuvieron que esperar demasiado, ya que pronto tocaron la puerta. Antes de que alguno pudiese abrir, para sorpresa de ambos, entró una mujer. Su nombre era Ro. Tanto Isaac como Ile la conocían, ya que en otras ocasiones la habían visto por las cercanías de La Cúpula. Además, en una o dos oportunidades había viajado junto a otros miembros de aquella organización a los laboratorios que ambos dirigían en cada extremo de la Gran Ciudad. Era el brazo derecho La Cúpula. Aunque no sabían mucho más sobre ella, según podían observar, debía ser alguien importante.

Ro era una mujer alta y delgada, de unos cincuenta años, con cabello negro y ojos café oscuro. Su sola presencia era imponente y causaba algo de temor, aun cuando su rostro era bastante jovial para su edad, aunque se notaba en sus expresiones la vida cargada de preocupaciones y responsabilidades que había tenido por ser parte de una organización tan relevante. Llevaba varios años siendo parte importante del Consejo, y ahora se encontraba en la puerta de la oficina donde estaban Isaac e Ile esperando con bastante paciencia. Ambos esperaban ansiosos alguna respuesta de su parte.

—Ile, Isaac, un gusto poder saludarlos —su voz era bastante más dulce que el cargo que poseía—, disculpen la demora. Han ocurrido eventos que nunca habían sucedido.

Podríamos decir que son acontecimientos históricos —su voz tenía una mezcla de excitación y preocupación. Ile e Isaac se miraron con evidente sorpresa—. Pero disculpen mi atrevimiento, no sé si ustedes me conocen. Mi nombre es Ro y estoy a cargo de toda esta situación. —Todos la conocían por ese nombre. Nadie había escuchado alguna vez un apellido o un segundo nombre. Simplemente, la conocían por esas dos letras: Ro.

—Pensábamos que quienes estaban a cargo eran el coronel Pride y el profesor Alfred —respondió Isaac algo extrañado.

—Así es, están en lo correcto. Ellos están encargados de coordinar todo lo que tiene que ver con esta misión, pero yo estoy a cargo de ellos, así que respondo por lo que ellos están haciendo. Así que, podríamos decir que soy yo la que dirijo esta situación.

Ile se levantó de nuevo de su asiento.

—Señorita Ro, ¿puede decirnos qué está ocurriendo, por favor? Nos han tenido encerrados por varias horas y no sabemos absolutamente nada. Ustedes nos trajeron a este lugar y ahora nos tienen encerrados como si fuéramos dos prisioneros.

—¿Prisioneros? —Ro soltó una pequeña sonrisa—. Para nada, joven Ile. Solamente necesitábamos asegurarnos de que la información que reciban sea correcta y tengan el cuadro completo. En ningún momento se les ha dejado encerrados ni menos privados de libertad. Y si en algún momento se sintieron así, a nombre de La Cúpula, les pedimos las disculpas correspondientes. En este momento, necesito que me acompañen para ponerlos al día sobre los eventos que acaban de ocurrir. —Hizo un gesto con sus manos para que la siguieran. Salió de la oficina y esperó a que tanto Ile como Isaac hicieran lo mismo.

Mientras iban caminando, Ro se mantuvo en silencio durante un buen trayecto. Isaac e Ile se miraron en forma inquisitiva reiteradas veces, tratando de descifrar hacia dónde los llevarían. Atravesaron por un corredor repleto de puertas y ventanas que daban a un montón de oficinas vacías. Así estuvieron por un buen tramo. En cierto momento, Ile dio vuelta y notó que aquel guardia que custodiaba la puerta iba justo detrás de ellos; aunque le pareció extraño, prefirió no decir una sola palabra. De pronto, Ro se detuvo frente a una puerta.

—Probablemente se estén preguntando hacia dónde los llevo y qué es lo que sucede —dijo con voz tranquila.

—Es justamente lo que nos hemos estado preguntando todo este tiempo —respondió Isaac tratando de mantener la calma.

—Pues bien, hay algo más que deben saber y que no se les dijo, en especial tú, joven Isaac.

Isaac se quedó inmóvil ¿Por qué él? ¿Qué habrá sucedido?

—Entonces, ¿quiere decir que nos engañaron? ¿Lo que dijeron antes no era cierto? —interrumpió Ile mirando un momento a Isaac, esperando a que se repusiera de las palabras que había dicho Ro.

—No, para nada. Lo que les contaron Edmund y Alfred es la verdad. Simplemente, omitieron una parte que, por su delicadeza, decidieron que era mejor que yo se las mencionara

Una vez más, Isaac e Ile se miraron extrañados. ¿Delicadeza? ¿Qué podría ser más delicado que todo lo que habían escuchado?

—Deben saber que, tal como les mencionaron hace un momento, hubo un contacto con una nave desconocida. El asunto es que hace unos años, mientras seguíamos monitoreando el Sector V-456, comenzó a haber de nuevo actividad, lo que provocó que todas las alarmas se encendieran. En esa oportunidad, decidimos enviar una flotilla de naves para indagar y ver si encontraban algo. Tres naves de combate, además de una nave de exploración, fueron enviadas a aquel sector.

»Al principio no encontraron absolutamente nada. Exploraron todo lo que pudieron teniendo el cuidado de no ser absorbidos ni desaparecer en medio de ese agujero. Cuando parecía que nada iba a ocurrir, algo se vislumbró en el horizonte. Nosotros también pudimos observar, ya que las naves contaban con cámaras especiales diseñadas para retransmitir la información a las oficinas de La Cúpula. Al principio solo se veía un punto a lo lejos; sin embargo, cada vez que nuestra flotilla se acercaba, el punto iba agrandándose hasta que llegó un momento en que todo pudo verse con claridad: era una nave que se veía a lo lejos. Obviamente, no era una de las nuestras. Su forma era totalmente distinta.

Tanto Ile como Isaac observaban y escuchaban atentos lo que Ro les estaba contando. No tenían ánimos de interrumpir, ya que se encontraban absortos en la historia. Isaac se encontraba impaciente por saber por qué era tan importante que él estuviese presente.

—A medida que nuestra flotilla se acercaba a la nave desconocida, nuestros sensores trataron de descubrir si había vida en su interior, pero no encontraron nada. Exploraron alrededor de toda la nave buscando señales cálidas que pudiesen darnos algún indicio de vida, pero fue en vano. De todas formas, nuestros exploradores decidieron inspeccionar la nave para ver si hallaban algo relevante. Como no encontraron señales de vida, la remolcaron hasta el hangar principal de la Gran Ciudad.

—¿Quiere decir que tenemos una nave extraterrestre en nuestro poder? —inquirió Isaac con evidente excitación.

—Así es —respondió Ro—, sin embargo, ahí no termina la historia.

—Entonces, ¿aún hay más? —preguntó Ile con bastante nerviosismo.

—Exacto. Y si no me interrumpen más, podría seguir con la historia, ya que hay acontecimientos importantes que ocurrieron a continuación.

Los dos jóvenes científicos se miraron e hicieron un gesto a Ro disculpándose por tantas interrupciones.

—Cuando tuvimos acceso, se decidió que un grupo de especialistas analizaran la nave por completo y que, de ser necesario, desarmaran sus partes buscando cualquier elemento que pudiese darnos alguna señal de vida o de cualquier cosa que fuera de interés para nosotros. Aunque ya de por sí, la nave misma era causa de interés para todos nosotros.

»Pasaron algunos días mientras los especialistas buscaban algo que pudiese ser de nuestro interés, pero no encontraron nada útil. Nos dimos cuenta de que la nave estaba cerrada herméticamente y era imposible desarmarla. Era realmente frustrante, ya que cada día que pasaba preguntábamos si había algún avance, pero lamentablemente estos eran casi nulos.

»Sin embargo, cinco días después de haberla capturado y tenerla en nuestro poder sin mayores resultados, algo sucedió. De pronto, se escuchó un ruido en un rincón de la nave. Un compartimiento que desconocíamos empezó a moverse con lentitud. Eso encendió las alarmas de todos quienes estaban trabajando en aquel lugar. Desesperadamente, nos llamaron para que fuéramos a ver lo que estaba pasando y recibir órdenes para saber qué hacer. Fuimos con celeridad para ver lo que ocurría mientras el coronel Pride daba órdenes para que nuestro ejército estuviese preparado con todo su arsenal, atento a cualquier movimiento extraño… bueno, algo más extraño de lo que ya estaba sucediendo en ese momento.

—¿Significa entonces que sí había una persona en el interior? —preguntó Isaac atento a la conversación.

—Nosotros estábamos llegando a la misma conclusión cuando escuchamos y vimos movimiento en aquel compartimiento. Pero lo más extraño fue que, de pronto, una voz se escuchó desde el interior.

—¡Una voz! —replicó Ile—, pero ¿pudieron entender lo que dijo? ¿Acaso hablaba en nuestro idioma?

—Exacto. De hecho, a todos nos impresionó escuchar la voz que salía de ese compartimiento y comprobar que hablaba en un perfecto idioma planetario, entendible por todos los presentes.

—Bueno, pero ¿qué fue lo que dijo esa voz? —preguntó ansioso Isaac.

—Dijo: "No disparen. Voy a salir".

—¿Y se puede saber quién era? —volvió a preguntar Isaac— ¿pudieron ver cómo era, su forma, su físico?

En ese instante, Ro guardó un momento de silencio. La casualidad, o el destino, si alguien deseaba pensarlo de esa manera, había hecho que fuera Isaac quien hiciera esa pregunta. Entonces, ella tomó su credencial de identidad, que tenía un código que permitía acceder a las distintas instalaciones de La Cúpula, marcó en el sensor de la puerta donde se encontraba esperando y la abrió.

—Puedes verlo con tus propios ojos, Isaac.

El joven alcanzó a ver una silueta que se encontraba a cierta distancia encerrada en una celda de prisión, sentada en una banca de metal con la cabeza inclinada y su larga cabellera tapándole el rostro. Isaac se extrañó de que la forma de aquella persona fuese igual a la de cualquier otro ser humano, pues hasta este momento se había imaginado una serie de posibilidades respecto al aspecto físico de cualquier extraterrestre; aunque debía admitir que mucho de aquella imaginación tenía que ver con tanto *hololibro* de ciencia ficción que había leído tiempo atrás. En esta oportunidad, al observar bien, se dio cuenta de que la silueta de esa persona que se encontraba de espaldas era muy parecida a la suya. Seguía dándole vueltas a sus pensamientos cuando aquella persona alzó su cabeza. En ese momento, Isaac pudo identificar a la perfección al hombre que se encontraba encerrado en esa celda de prisión. Era su padre.

Capítulo 7

Decir que Isaac estaba totalmente asombrado sería poco. En realidad, por un instante se encontró fuera de sí frente a lo que estaban viendo sus ojos. Incluso, Ile tuvo que apurarse para sostenerlo un momento, sin entender por qué, ya que sintió que las piernas comenzaban a fallarle. No podía creer que la persona que estaba encerrada, la persona que habían encontrado en esa nave escondida en un compartimiento secreto era su propio padre, aquel que los había abandonado tanto tiempo atrás.

Una serie de recuerdos comenzaron a circular por su mente, principalmente relacionados al tiempo en que su padre los había abandonado. No era fácil que en su memoria volvieran esos recuerdos, considerando que todo eso había pasado unos veinticinco años atrás. Pero en ese momento pudo rememorar algunas cosas, principalmente las más tristes. Recordó el dolor que sintieron tanto él como su hermana cuando su padre se fue, y la rabia que acarreó por tanto tiempo.

Sin embargo, ahora se sentía muy confundido, no sabía qué sentir. Sin duda, estaba perplejo por verlo ahí, más viejo, mucho más delgado, con el pelo largo, con su rostro demacrado, pero era él, eso no lo podía negar. Aunque había pasado tanto tiempo, aún podía reconocerlo. Seguía manteniendo el espíritu fuerte que siempre lo había caracterizado. Con muchas dudas y aún sorprendido, miró a Ro y trató de hablar de forma lo más tranquila posible, pese a las circunstancias.

—Pero ¿qué es esto?, ¿mi padre?, ¿por qué?

Ile, quien hasta ese momento no había entendido lo que estaba ocurriendo, al escuchar decir a Isaac que esa persona era su padre, no pudo ocultar su sorpresa y, como un acto reflejo, sin darse cuenta, apoyó su mando sobre el hombro de Isaac, pero sin decir una sola palabra. No hubo necesidad de decir nada, ya que Isaac entendió lo que trataba de hacer Ile. En ese momento lo necesitaba.

—Isaac, lo que ves es lo que nosotros encontramos en esa nave… a tu padre. —Ro hizo una pausa antes de continuar. Intentaba buscar las palabras adecuadas—. Después de que escuchamos "no disparen", se abrió una compuerta que, por lo visto, estaba herméticamente sellada, ya que no se había podido rastrear con el sensor térmico. Al abrirse, poco a poco se fue asomando la figura de una persona.

—Un momento —interrumpió Ile—. Cuando lo vieron, ¿no les pareció extraño que su apariencia física fuese como la de nosotros?

—Bueno, ahora que lo mencionas, al principio no lo habíamos notado, pero sí, era bastante extraño —respondió Ro, meditando por un momento su respuesta—. Al comienzo nos extrañó que tuviese forma humana. Además, pudimos entender perfectamente su idioma. Así que la sorpresa fue doble. Cuando lo pudimos ver mejor, se apreciaba un hombre bastante delgado, como si no hubiese comido en varios días.

—Y por lo visto, sigue igual. Pareciera que en mucho tiempo no ha comido —mencionó Isaac con cierta preocupación.

—Aunque ha estado encerrado por años, se le ha tratado de la forma más humana posible. Lamentablemente, es él quien no desea colaborar ni tampoco recibir la atención que se le ha intentado dar.

—Esperen un momento —volvió a interrumpir Ile con esa suspicacia que la caracterizaba—, me queda una duda, ¿ustedes sabían que esta persona era el padre de Isaac?

—No, en un principio no lo sabíamos.

—¿Quiere decir entonces que es una coincidencia que Isaac esté aquí en este momento?

—Tampoco —la expresión de Ro parecía mostrar bastante serenidad para la gravedad de la situación. Se sentía como si hubiese sabido que los dos jóvenes tenían muchas interrogantes, y les estaba dando tiempo para responder todas las preguntas que tuvieran de manera paciente.

—Entonces —habló por fin Isaac mientras se iba reponiendo con lentitud de lo que acababa de suceder—, ¿me pueden explicar por qué nos pidieron y por qué me pidieron a mí que viniera a este lugar?

—Claro que te responderé esa y cualquier pregunta que tengas. Hasta el momento, hemos aclarado todas las dudas que han tenido, ¿cierto? —Ile e Isaac asintieron—. Así que no desconfíen de lo que les hemos mencionado hasta el momento ni de lo que les vamos a seguir diciendo.

—Pero no han sido muy sinceros al habernos escondido el hecho de que el padre de Isaac ha estado retenido desde hace años en este lugar —mencionó Ile con cierta molestia.

—El que se haya hecho de esta forma fue para proteger a todos, tanto a ustedes como a los habitantes de la Gran Ciudad. Solamente los eventos que están ocurriendo ahora hicieron necesario que los citemos para contarles la verdad.

—¿Y puede señalarnos de una vez por todas cuál es la verdad?, ¿por qué estoy aquí?, ¿por qué está Ile aquí también? —Isaac trataba de mantener la calma luego del golpe duro que significó ver a su padre después de tantos años de ausencia. Sin embargo, con tantas vueltas que se daba Ro para decir lo que estaba ocurriendo, comenzaba a perder la paciencia.

—Entiendo tu frustración y preocupación —dijo Ro tratando de calmarlo—, por eso te voy a explicar todo. —Tomó aire y comenzó su exposición—. Cuando capturamos a tu padre, no sabíamos quién era, pero evidentemente era un ser humano como nosotros. Así que lo tomamos y lo llevamos para interrogarlo acerca de dónde venía, qué estaba haciendo, por qué estaba en ese lugar. Sin embargo, se negó a entregarnos cualquier información.

»Estuvimos semanas intentando que nos dijera algo por todos los medios humanamente posibles, pero fue en vano. Pensamos incluso probar otros métodos, no tan humanos ni tan amables, pero decidimos no hacerlo. No logramos sacarle una sola palabra.

—Entonces —interrumpió otra vez Ile—, ¿podríamos decir que esa nave que se vio hace veinte años en el Sector V-456 era la nave del padre de Isaac?

—Es posible. Pero no lo podemos asegurar, ya que no hemos podido comunicarnos con él todavía.

—Es decir —dijo Ile—, ¿lo han tenido todos estos años y no han podido sacarle una sola palabra?

—Así es. Ni siquiera hemos conseguido saber cómo se llama.

—Fer —dijo Isaac con frialdad—. Su nombre es Fer.

—Bueno, ya sabemos algo más acerca de él, aunque sea su nombre —respondió Ro con algo de sarcasmo.

—Pero ¿qué tenemos que ver nosotros en todo este asunto?, ¿cómo saben que es mi padre?, ¿por qué estoy yo aquí y por qué está Ile aquí? Todavía no son capaces de responder esas preguntas. Dejé de ver a mi padre hace muchos años ya, no sé en qué podría ayudar.

—A eso voy, paciencia joven. Estos últimos días, cuando de nuevo se activaron los sensores del Sector V-456, intentamos hablar con Fer para saber a lo que nos estábamos enfrentando. Pero, como era de esperarse, no obtuvimos respuesta. Luego de varios intentos de sacarle alguna información, por fin decidió hablarnos. Dijo que solo iba a hablar con su hijo, André. En ese instante, supimos que eras tú, Isaac. Después de todo, eres el único André que hay en la Gran ciudad.

—Sí, efectivamente, soy yo, ¿quiere decir que por esa razón era tan importante mi presencia?

—Así es. Necesitábamos de ti para conversar con tu padre y conseguir cualquier información que nos pueda entregar. Eres el único que nos puede ayudar.

—Y si me necesitaban a mí, ¿por qué llamaron a Ile entonces?, ¿para qué molestarla a ella también? ¿O es que acaso ella también es importante para este caso?

—Sí. Nosotros conocemos tu forma de ser, sabemos lo impulsivo que eres. Conocemos también a Ile y sabemos que ella es la única persona que logra calmarte, que puede ayudarte a estar en paz y tranquilizarte. Ella es importante para que puedas tener en orden tus ideas y logres hablar con tu padre.

"Hablar con tu padre". Isaac pensaba en esas palabras. ¿Sería capaz realmente de hablar con su padre? Mejor dicho, ¿podría conversar con él sin que en su mente aparecieran los recuerdos que le habían hecho tanto daño?, ¿sin recordar cómo los había abandonado hacía tanto tiempo? De seguro no le resultaría fácil conversar con normalidad. No sabía si aún le guardaba rencor, pero estaba inquieto. Por un momento, se quedó pensando en la conversación que debía tener y los temas que tendría que tratar con él. Lo primero que quería saber era por qué se había ido, aunque, claro, sabía que no estaba ahí para conversar sobre ese tema. Una parte suya dudó de que fuera capaz de hablarle, pero por otro lado quería hacerlo para saber por qué; por qué los había dejado. ¿Tendría que ver todo esto que estaba pasando con el hecho de que se hubiese ido y los haya dejado solos? Quizás habría alguna razón lógica y justificada para su abandono. Trataba de verlo desde una forma fría e imparcial. Todo era tan confuso.

—¿Necesitas un momento a solas con Ile? —preguntó Ro, interrumpiendo los pensamientos de Isaac.

—En realidad, lo agradecería bastante.

Ro hizo una pequeña reverencia y abandonó el lugar. Ile, quien hasta ese momento había decidido guardar silencio meditando en lo que hablaban Ro con Isaac, se acercó a este con calma y puso una mano en su hombro.

—¿Estás bien?

—Sí, ahora sí. Al principio me quedé sin palabras, sin saber qué decir, pero estoy más tranquilo.

—¿Y qué piensas hacer?

—Supongo que tendré que hablar con él. Para eso nos trajeron, ¿no? Y nos trajeron a los dos, ya que tu trabajo es calmarme, porque parece que tengo problemas para regular mis emociones.

Ambos esbozaron una pequeña sonrisa.

—Sí, tal parece que tendré que hacer de psicóloga tuya. —Sonrió—. Pero hablando en serio, ¿tienes pensado qué decirle?, ¿sabes qué le vas a hablar a tu padre?

—He tratado de ordenar mis ideas. Lo primero que se me ocurre es preguntarle por qué estaba en esa nave. Imagino que eso es lo que interesa saber en este lugar. Ya después espero que haya más tiempo para averiguar sobre su vida, por qué se fue y… ¿qué es lo que ha estado haciendo hasta antes de que lo capturaran?

—Me parece bien, creo que sería una buena forma de comenzar tu conversación con él. Y recuerda, Isaac, tienes todo mi apoyo y voy a estar contigo acompañándote y ayudándote si lo necesitas. ¿Estás listo para abordar esta situación?

—Creo que sí. —Isaac pasó una mano sobre su frente, dio un largo respiro y se encaminó a hablar con su padre.

Fer se encontraba sentado con la cabeza inclinada. Mientras el joven se acercaba, podía notar que tenía una larga cabellera y estaba muy delgado. A su lado había una charola con comida, pero parecía que no había tocado absolutamente nada de aquel plato. Y, por lo que podía suponer, así había sucedido por varios días, ya que Fer se veía bastante demacrado. Isaac se detuvo. Lo miró con atención, y varios recuerdos asomaron a su mente. Trató de borrarlos de inmediato, ya que no era el momento para hablar de ellos. Comenzó a caminar con lentitud en su dirección. Había un vidrio de seguridad que los separaba, pero era posible conversar a través de este. Isaac guardó silencio. Quería ordenar bien sus ideas antes de pronunciar cualquier palabra, pero en realidad, aunque lo intentaba, no sabía cómo empezar. Antes de que pudiese pronunciar una sílaba, su padre habló.

—¿Qué necesita? Ya le dije que… —Levantó su cabeza y vio a su hijo. Lo reconoció de inmediato.

—Hola, padre —dijo titubeante. Fue lo único que se le ocurrió en ese momento.

—¡Hijo! —Se levantó con rapidez y apoyó su mano sobre el vidrio que los separaba—. ¡Mírate!, ¡qué grande estás! Te has convertido en todo un hombre.

—Bueno, no gracias a ti —respondió con frialdad, aunque de inmediato reconoció que no era la forma de hablar en ese momento si quería conseguir alguna información. Se arrepintió de decir esas palabras; más bien, fue la rabia del momento la que lo había hecho hablar. Pero por fin se calmó.

—Entiendo, hijo, debes estar muy enojado conmigo por haberme ido siendo ustedes con tu hermana tan pequeños. No tuve tiempo de explicarles la verdad y tampoco podía hacerlo en aquel entonces.

—¿La verdad? —Isaac sintió que podía tomarse de aquella expresión para lograr alguna información útil—. ¿Cuál es esa verdad? Puedes contarme ahora. Tenemos bastante tiempo para conversar.

—La verdad es que yo siempre los he amado y no hay día que no piense en ustedes, hijo. Pero tuve que hacer lo que hice por una razón.

—¿Y cuál es esa razón, si es que se puede saber?

—Hay cosas en esta vida que no sabes. Cosas que te sorprenderían de este lugar, de La Cúpula, secretos que nadie conoce. Pero te aseguro que pronto los averiguarás.

—Bueno, podrías ponerme a prueba, ¿no? —respondió dudando de si lo que decía su padre era verdad o simples patrañas—. Podrías comenzar contándome por qué te fuiste de la casa y nos abandonaste, ¿te parece? —Había olvidado por completo la estrategia que había pensado y las preguntas que se suponía que iba a realizar. Sus emociones habían salido a relucir.

—Hijo —la voz de Fer trataba de ser conciliadora, pero entendía que era difícil conseguirlo en ese momento—, no hay palabras para justificar mi acción. Ustedes eran mis hijos. —Pensó sus palabras y rectificó—. Ustedes son mis hijos y yo los abandoné. Y aunque pase toda la vida disculpándome, es probable que nunca me perdones, pero trataré de decirte por qué lo hice no para que lo aceptes, pero sí para que entiendas el motivo.

—Está bien, te escucho.

Capítulo 8

—Cuando conocí a tu madre, ambos éramos muy jóvenes e idealistas. Formábamos parte de una organización secreta que realizaba misiones para La Cúpula.

—¿Trabajaban para La Cúpula? —consultó extrañado Isaac—. Pensé que eras simplemente un granjero.

—Hay muchas cosas que no sabes sobre mí. Pero déjame seguir explicándote, por favor.

Isaac asintió.

—Queríamos hacer cosas buenas, cosas importantes; sin embargo, cuando nos casamos, nos dimos cuenta de que necesitábamos un cambio. Lo que hacíamos no era la vida que queríamos para nuestros futuros hijos. Todo nuestro tiempo lo destinábamos a trabajar para esa organización, así que, para poder vivir tranquilos, dejamos de trabajar para ellos. Queríamos empezar desde cero en nuestro hogar, así que tomamos la decisión de irnos a vivir a las afueras de la ciudad. Nos mudamos a una granja que habíamos adquirido con nuestros ahorros. Empecé a trabajar como granjero durante algunos años y tu madre se dedicaba a las labores domésticas. Vivíamos muy felices con la esperanza de poder formar una familia.

»Al pasar el tiempo, nos enteramos de que tu madre estaba embarazada, así que cuando nació tu hermana Lora, nuestra alegría fue aún mayor. Le dimos todo el cariño y cuidado que podíamos. Parecía que todo marchaba excelente.

»Un día, fueron a la casa integrantes de La Cúpula, se comunicaron conmigo para solicitarme que volviera a trabajar con ellos. Como ya habían pasado unos años desde que había dejado ese trabajo, y tenía una vida buena con tu madre y tu hermana, me negué. No quería volver a tener esa vida. Así que me amenazaron con quitarme a mi familia; a tu madre y a Lora. Tú sabes perfectamente que ellos tienen la facultad y el poder de hacer lo que sea, y no hay nadie que pueda detenerlos. No me quedó más remedio que aceptar. Sin embargo, les pedí que todo quedara de forma confidencial para que tu madre y tu hermana no se enteraran de lo que estaba haciendo.

—¿Y mamá nunca se dio cuenta?

—Siempre quise creer que no, pero tu madre es una mujer muy astuta, así que es probable que haya sabido lo que estaba pasando, pero nunca dijo nada. El caso es que volví en secreto a realizar trabajos para La Cúpula. El asunto era que ya no tenía motivación para estar con ellos; de hecho, poco a poco fui desarrollando un odio cada vez mayor hacia esa organización, ya que habían amenazado con quitarme lo que más amaba. Por eso, empecé a buscar la forma y la oportunidad de vengarme.

—¿Y pudiste? —preguntó Isaac sintiendo un grado de empatía hacia lo que su padre le estaba contando, y lamentando la posible respuesta que pudiese recibir.

—Sí, pude hacerlo. Al pasar los años naciste tú, y yo deseaba pasar tiempo contigo y con tu hermana, pero al no poder, mis ansias de vengarme siguieron creciendo. Logré ganarme la confianza de La Cúpula de nuevo, consiguiendo acceso a documentos privados que solo unos pocos conocen. Dediqué horas y horas a investigar y buscar algo que pudiese utilizar en contra de ellos, alguna debilidad o falencia de esa organización, obviamente de manera muy sutil para que nadie sospechara. Me costó bastante tiempo hasta que por fin logré encontrar algo.

—¿Qué encontraste? —Isaac parecía cada vez más sorprendido, pero creía que ese era el mejor momento para averiguar sobre sus intenciones.

—Cuando por fin encontré lo que necesitaba para vengarme de La Cúpula —continuó sin darse por aludido a la pregunta que le había hecho su hijo—, me di cuenta de que debía hacer un sacrificio enorme.

—¿Y qué sacrificio tuviste que hacer? —preguntó de nuevo Isaac pasando por alto la pregunta anterior, resignando la respuesta.

—Me di cuenta de que, si iba a vengarme de La Cúpula, no podía seguir viviendo la vida que tenía hasta ese momento, debía dejarlos a ustedes. Debía dejar lo que más quería, mi familia.

—Pero ¿por qué tenías que hacerlo?

—Porque no podía involucrarlos en todo esto. Era demasiado riesgoso. —Hizo una pausa—. Hijo, no has logrado dimensionar todavía el poder que tiene esta organización. Ellos tienen el dominio de este planeta y lo pueden usar en contra de quien estimen conveniente. Siempre necesitan tener el control, ¿o crees que no están vigilando esta conversación que tenemos ahora, en este momento?

—Pero ¿crees que serían capaces de hacer algo así? Si siempre han cuidado, protegido y velado por el bienestar de los habitantes de La Gran Ciudad.

—Sí, es cierto, lo han hecho, pero ¿a costa de qué?, ¿a qué precio?, ¿te parece que hay libertad en este lugar?,

¿crees que existen personas que piensen de forma diferente a La Cúpula?, ¿crees que los dejarían vivir tranquilos si tuviesen ideologías distintas a las que imponen ellos?

—Entonces, ¿por esa razón no has querido decirme lo que hiciste para vengarte?, ¿piensas que nos están vigilando en este momento?

—Hijo, la verdad es un valioso tesoro que solo tú puedes descifrar.

"Un valioso tesoro", volvieron a resonar aquellas palabras en la mente de Isaac, como si su padre intentara decirle algo importante. Estaba seguro de que así era, pero debía ser un secreto, no podía enterarse La Cúpula. Seguramente esa era la razón, por eso su padre había usado esas palabras en clave… ahora lo entendía.

Por un instante hizo una pausa, reflexionando acerca de lo último que le había dicho su padre. ¿Qué querían decir esas palabras? Se encontraba pensando en aquello cuando Fer lo interrumpió.

—Hijo, confío en ti. Una vez más, te pido disculpas por no haber estado contigo ni con tu hermana ni con tu madre. Algún día espero que comprendas lo que hice y por qué lo hice. Piensa y medita en lo que te comenté. Sé que podrás resolverlo. —Volvió a sentarse, miró por última vez a su hijo, agachó la cabeza y, de inmediato, pareció como si se hubiese borrado mentalmente, ya que no volvió a hablar.

—Pero padre, aún tengo preguntas que hacerte —repuso Isaac mirando a su padre mientras apoyaba una mano en el vidrio que los separaba buscando respuestas, pero nada obtuvo de parte de Fer. Terminó dándose por vencido—. Adiós, padre. Te prometo que lo resolveré —finalizó con resolución.

Cuando Isaac salió de la habitación donde estaba encerrado su padre, Ro e Ile lo estaban esperando.

—¿Pudiste obtener alguna información relevante? —inquirió Ro.

—¿Para qué me pregunta eso?, ¿acaso ustedes no saben ya lo que conversamos? —respondió Isaac con tono desafiante.

Ro e Ile se quedaron paralizadas un momento, sorprendidas de la reacción de Isaac.

—¿Qué pasó, Isaac? —consultó Ile apoyando una mano sobre el hombro de su amigo, tratando de calmarlo.

Nada, no dijo nada relevante —mintió. Sabía que algo importante le había dicho, solo que no lograba descubrir específicamente qué.

—¿Pero no lograste obtener ningún tipo de información? —volvió a preguntar Ile tratando de tomar la iniciativa. Ro, después de la respuesta anterior que había dado Isaac, también dejó que fuese Ile quien intentara calmarlo para ver si podía conseguir algún avance; después de todo, para eso la habían traído.

Mientras Isaac conversaba con su padre, Ro había dedicado su tiempo a tratar de sacar la mayor información posible acerca de Isaac a Ile, algo que pudiese servirle de alguna manera; sin embargo, una de las principales características de Ile era la de ser muy perspicaz y cuidadosa. Por esa razón, evitó entregar detalles que pudiesen comprometer a Isaac. De esto, por supuesto, Ro se dio cuenta de inmediato, quien no tuvo más remedio que desistir y dejar de hacerle ese tipo de preguntas para quizás volver a intentarlo en otro momento.

—No, no conseguí nada con él —volvió a responder Isaac ante la pregunta que le había hecho Ile. Continuó, dirigiéndose ahora hacia Ro—. ¿Podría darme un momento a solas con Ile, por favor?

—Claro, por supuesto —respondió algo sorprendida por la petición, sin tener más remedio que darle ese espacio—, pueden usar la oficina que se encuentra aquí al lado —dijo señalando la habitación contigua, haciendo el gesto para que la siguieran.

—Muchas gracias —respondió Isaac. Ambos entraron a la oficina, pero al momento de ingresar, Isaac miró de reojo para ver qué hacía ella, quería saber si decidía quedarse o si se retiraba. Para su suerte, Ro abandonó el lugar. Sin embargo, estaba seguro de que eso no duraría mucho tiempo. En cualquier momento enviaría a algún guardia para que los vigilara. Por lo tanto, si pensaba hacer algo, debía ser cuanto antes.

—¡Vamos, Ile!, ¡acompáñame! —dijo Isaac en voz baja con rapidez.

—¿Qué pasó, Isaac? —respondió nerviosa.

—Solo confía en mí. Te contaré luego. Debemos salir de este lugar lo antes posible.

—Está bien.

La tomó del brazo para salir corriendo de la habitación. En ese preciso instante, un guardia se encontraba caminando en dirección a ellos. Al darse cuenta de que salían de la oficina y caminaban rápido, apuró el paso para alcanzarlos, y, al notar que definitivamente estaban arrancando para escapar, echó a correr detrás de ellos. Isaac e Ile notaron que los estaban persiguiendo, así que comenzaron a correr lo más rápido que pudieron buscando una salida; sin embargo, el lugar era un verdadero laberinto lleno de oficinas y puertas. Intentaron abrir varias, pero estaban bloqueadas. Llegaban a lugares que no conducían a ninguna parte, pero no se dieron por vencidos. Continuaron escapando mientras el guardia que los perseguía no les perdía pisada e intentaba avisar a través de su intercomunicador pidiendo refuerzos.

Después de correr durante algunos minutos tratando de entrar a algún lugar donde esconderse, por fin lograron llegar a una puerta que se abrió. Entraron de manera frenética a esa habitación, sin darse cuenta de que era una oficina sin otra salida. Estaban encerrados. Silenciosamente, Isaac le dijo a Ile que se escondiera debajo de la mesa que estaba en aquel lugar. Sin entender mucho el porqué, obedeció. Mientras tanto, Isaac tomó una silla que encontró, la puso sobre sus hombros y esperó detrás de la puerta sin que nadie lo viera. Durante unos segundos todo se mantuvo en silencio y a oscuras. De pronto, el guardia abrió la puerta con rapidez e ingresó, pero cuando alcanzó a darse cuenta de la presencia de Isaac, un golpe en la cabeza con la silla lo tumbó al piso dejándolo inconsciente.

Isaac e Ile salieron lo más rápido posible, dejando al guardia tirado en el piso, sabiendo que de un momento a otro los demás vendrían por ellos. Era muy necesario encontrar la salida de aquel lugar. Observaron por todos lados y se dieron cuenta de que, por el momento, nadie los estaba persiguiendo, así que pudieron analizar la situación y ver qué hacer para encontrar la salida. De forma muy inteligente, Ile tomó la decisión de caminar y acercarse de la forma más tranquila posible a un trabajador que justo iba caminando por aquel lugar.

—Disculpe, señor, con mi amigo estábamos haciendo un tour por las instalaciones, por un descuido nos alejamos del grupo y nos perdimos, ¿podría decirnos cómo encontrar la salida, por favor?

—Claro —respondió el trabajador sin sospechar. Inocentemente, le dio las indicaciones precisas para encontrar la salida.

Con rapidez, sin siquiera agradecer al trabajador, los dos jóvenes corrieron en la dirección que les habían señalado, sabiendo que más temprano que tarde otros guardias vendrían en busca de ellos. Recordando las indicaciones que les habían dicho, lograron llegar a la salida. Curiosamente, esta no estaba custodiada, lo que a priori les pareció muy extraño. Sin embargo, no era momento de ponerse suspicaces ni menos de cuestionar los asuntos. Precisaban salir pronto y lo habían conseguido.

Atravesaron corriendo todo el sector de la entrada de La Cúpula hasta salir de las dependencias. Llegaron a la avenida principal y buscaron algún vehículo que los pudiese llevar lejos. Vieron que pasaba un taxi, así que lo detuvieron. Subieron de inmediato e Isaac le dio indicaciones al conductor para que se alejara pronto de ahí, aunque sin ninguna dirección en particular. Mientras el conductor manejaba sin rumbo claro, Isaac e Ile se acomodaron hasta que, por fin, pudieron respirar con tranquilidad. Isaac miraba por el espejo trasero del vehículo para cerciorarse de que nadie los estuviera siguiendo, pero Ile no entendía la situación

—¿Podrías decirme ahora qué es lo que está pasando? Acabas de cometer un delito, golpeaste a un guardia y nos escapamos de La Cúpula. Eso no está permitido, no lo puede hacer nadie, nunca. ¿Te das cuenta de las consecuencias que podría tener lo que acabamos de hacer?

—Tranquila —trató de calmarla—. Nadie nos va a hacer daño. Después de todo, por lo que nos dijeron, al parecer somos la clave para resolver este asunto. Necesitaba salir con urgencia de ese lugar, porque nos estaban vigilando y tengo que conversar contigo sin que La Cúpula sepa lo que quiero decirte.

—¿Nos estaban vigilando?, ¿cómo lo sabes?, ¿y cómo es eso de que nosotros somos la clave en este asunto? Explícate, por favor, que no estoy entendiendo.

—Aún no tengo todo claro, pero mi padre me comentó justo lo que necesitaba escuchar. Me dijo que nos estaban vigilando, que vigilan a todo el mundo. Además, me dio la clave de todo esto, aunque todavía no logro descubrir qué me quiso decir. Por eso necesito de tu ayuda.

—¿Y qué te dijo tu padre?

—Dijo que confiaba en mí, que yo podría resolverlo y que la información era un valioso tesoro que solo yo podría descifrar.

Ile pensó un momento. Analizó cada una de las palabras de Isaac tratando de dar con la respuesta, aunque no le tomó más que un par de segundos dar con la clave.

—¡Un valioso tesoro! ¡Eso es! —dijo en tono triunfante—. Me contaste que, cuando eras pequeño, tu padre te había dicho que no podías entrar en su oficina, ¿cierto?

—Así es —respondió Isaac algo confundido, tratando de entender lo que estaba diciendo Ile.

—¿Y recuerdas por qué te dijo que no podías entrar?

—Decía que había un tesoro allí. —Antes de terminar la oración, Isaac se dio cuenta de lo que trataba de decir Ile. Ella lo observó haciendo un gesto de aprobación—. ¡Tienes razón! ¡Eso es!

—Entonces —dijo Ile con expresión victoriosa—, es posible que lo que intentaba decir tu padre era que la clave de todo este asunto se encuentra en esa oficina.

—¡Exacto! —respondió con decisión. Sin pensarlo dos veces, se dirigió al conductor del taxi, quien hasta ese momento había estado manejando en dirección opuesta a La Cúpula, tal como le habían pedido los muchachos—. Taxista, ya sé dónde debe llevarnos...

Capítulo 9

—¿Por qué esta información no la puede saber La Cúpula? —inquirió Ile mientras seguían viajando en el taxi dirigiéndose hacia las afueras de la Gran Ciudad camino a la casa de la madre de Isaac, quien vivía en una granja saliendo por el sector sur, a un par de horas de las oficinas centrales de La Cúpula.

—Mi padre me dijo que la organización de La Cúpula no es la que creemos, que no podemos confiar en ellos.

—Pero tú mismo me contaste que tu padre los había abandonado cuando eras pequeño, ¿te parece que un hombre así puede ser de confianza?

—No sé si sea de confianza, pero creo que lo que hizo fue por una razón importante. Si no, ¿cómo explicas que haya estado prisionero tanto tiempo en La Cúpula?, ¿por qué nunca me dijeron que mi padre estaba allí?, ¿no te parece extraño, por decir lo menos, lo que está pasando?

—Sí, la verdad es que todo esto es muy extraño. Además, tampoco pudimos ver si en el Sector V-456 había algo en realidad. Siento que estuvieron dilatando de manera excesiva la conversación y, al final, no nos dijeron absolutamente nada.

—Es cierto. Pero creo que podremos encontrar respuestas cuando lleguemos a la casa de mi madre. —Observó por el vidrio del vehículo para ver dónde iban—. Debemos estar por llegar. En la oficina de mi padre debe estar la clave de todo esto.

El Coronel Pride y el profesor Alfred Pell estaban aún en la oficina donde se monitoreaba el Sector V-456, ajenos a lo que había ocurrido con Ile e Isaac, aunque, si hubiesen sabido, tampoco habrían hecho mucho. Para ellos, en ese momento y dadas las circunstancias, era mucho más importante saber qué ocurría en ese sector. Por esa razón, la flota de naves que había enviado el coronel se encargaría de averiguar cualquier situación anormal y de interceptar elementos poco confiables.

—Almirante Rick —preguntó presuroso el coronel Pride a través de su intercomunicador—, ¿puede decirnos qué está ocurriendo?, ¿hay alguna novedad?

—Coronel —respondió con cautela el almirante Rick—, por el momento todo está tranquilo. No se observa movimiento. Aun así, estamos atentos a cualquier situación que pueda suceder.

Una flota de veinte naves se encontraba haciendo guardia en la entrada del Sector V-456, a cargo del almirante Rick Vald. Era un hombre alto, delgado y calvo; con su sola presencia imponía solemnidad y respeto. Después del coronel Pride, era quien tenía el mayor rango dentro de La Cúpula, sin contar a los miembros del Consejo de La Cúpula, quienes eran las personas de mayor relevancia y autoridad en toda la Gran Ciudad.

—Debe estar muy atento, almirante, apenas vea algún movimiento, su trabajo será informarme de inmediato para tomar decisiones y, si es necesario, interceptar lo que sea que aparezca.

—A la orden, coronel. —Aunque Rick Vald tenía experiencia de sobra y podría haber estado a cargo de toda la

operación, nunca dejó que el orgullo sobresaliera a su obe-
diencia. Se sometía de buena gana a las órdenes de sus superiores. Era un verdadero perro de presa para La Cúpula.
Quizás por eso era una persona de mucha confianza en el
círculo íntimo de la organización.

Los minutos y las horas fueron pasando mientras todos
esperaban algo que, en apariencia, se veía difícil que suce-
diera. Un silencio sepulcral inundaba tanto las oficinas
como las naves, que esperaban pacientes y muy atentas a
cualquier anomalía.

Cuando todo parecía indicar que nada ocurriría, algo empezó a vislumbrarse a lo lejos. Los radares de las naves comenzaron a informar movimientos y señales alarmantes. Un grupo
de naves se avizoraba en la pantalla. Todos prestaron atención
y tomaron sus respectivas posiciones, listos para atacar.

—Atención, coronel —dijo el almirante tomando presuroso su intercomunicador—. Como pueden observar en
sus radares, se ven naves que vienen en nuestra dirección.
Espero instrucciones para saber cómo actuar.

Aunque el coronel tenía muy claro lo que debía hacer
en este caso, una duda apareció en su mente. Por esa razón,
observando que el profesor Pell estaba atento a lo que ocurría, decidió preguntarle:

—Profesor, ¿qué sugiere que hagamos? Yo escogería
atacar de inmediato, pero antes deseo saber su opinión.

—¿Existe la posibilidad de que nos podamos comuni-
car con esas naves para saber qué desean y cuáles son sus
intenciones? —Aunque el profesor siempre trataba de mantener una postura calmada y tranquila, en esta ocasión no
pudo disimular cierto nerviosismo.

—Sí, es posible, profesor. Daré la instrucción de inmediato para que se comuniquen con ellos. —Tomó el intercomunicador—. Almirante, intente comunicarse con esas naves. Vea qué desean, saque toda la información posible. Tratemos de utilizar la diplomacia primero, tal vez logremos evitar una tragedia.

—Disculpe, coronel, pero ¿cómo podría hacer eso? ¿Cree usted que ellos se comunicarán en nuestro idioma?, ¿y si no nos entienden?, ¿si no nos responden?

—Veamos primero si responden a nuestro llamado, después analizaremos las distintas circunstancias y las opciones que tengamos a la mano.

—De acuerdo, coronel. Lo mantendré informado. —El almirante dio la orden a todas las naves—. Atención a todos. Les ordeno que no abran fuego ni hagan nada hasta que logre comunicarme con esas naves. Confirmen la instrucción.

—De acuerdo, almirante —respondieron uno a uno los capitanes de cada nave.

El almirante dudó un momento y pensó qué hacer para comunicarse con las naves. Meditaba en que probablemente los visitantes no hablarían el idioma planetario. Se imaginó distintas formas de comunicarse, entre otras, mediante señales lumínicas, pero para eso las naves extrañas debían estar muy cerca y eso era demasiado peligroso. Finalmente, decidió probar hablando y esperar una respuesta. Tomó el intercomunicador y ajustó la frecuencia.

—Atención. Soy el almirante Rick Vald. Necesito que se identifiquen en este preciso momento. Han invadido una zona soberana y controlada por miembros de nuestro planeta a cargo del consejo de La Cúpula. Si no quieren que abramos fuego, les ordeno que se identifiquen. —Trató de escoger bien las palabras para que se oyera con autoridad, pero no con aire desafiante ni amenazante. Después se preguntó si las palabras habrían sido las apropiadas, pero ya no servía de nada, todo estaba dicho y no había más que hacer al respecto. Esperó por un momento para ver si había alguna respuesta o señal, pero no recibió nada a cambio. Decidió intentarlo por segunda vez—. Repito. Soy el almirante Rick Vald. Les ordeno que se identifiquen y expliquen sus intenciones, si no, tendremos que interceptarlos de la forma que sea necesaria.

Los capitanes esperaban nerviosos una respuesta de parte de las naves extraterrestres, pero no llegaba. Eso los ponía aún más ansiosos. El almirante, empezando a perder la paciencia, se dirigió a ellos.

—Tomen posición de ataque, estén preparados y listos a mi orden. —Cuando las naves de La Cúpula estaban atentas y dispuestas para atacar, de pronto, las naves extraterrestres se detuvieron. Dejaron de avanzar. Algo pasaba, pero no sabían qué. Mantuvieron la mirada atenta a los radares, pero no se observaba movimiento alguno. No sabían qué hacer.

Un estruendo sacudió a todas las naves dirigidas por el almirante Vald. Desde lejos, las naves extraterrestres comenzaron su ataque. Aunque eran pocas, apenas se podían divisar cinco, tenían un radio de alcance excepcionalmente extenso, a tal punto que, a pesar de la distancia, lograron impactar y derribar a una nave de la flota. Luego, en forma simultánea, vinieron cuatro destellos más, haciendo explotar en el momento otras cuatro naves en un abrir y cerrar de ojos.

El Almirante Vald y toda la tripulación quedaron perplejos por un instante, fue una total sorpresa lo que acababan de ver; sin embargo, reaccionaron de inmediato. Ordenó que sus naves se adelantaran lo suficiente para atacar. Rápidamente, los capitanes obedecieron y aceleraron en persecución de los invasores, quienes permanecían detenidos; habían logrado acabar con tres naves en un instante gracias a su poderío. Al ver que no podrían acabar con la flota de La Cúpula, las dos naves extraterrestres que quedaban comenzaron su huida.

—¡No dejen que escapen! —gritó el almirante dando órdenes a sus capitanes por el intercomunicador—. Necesitamos saber quiénes son, de dónde vienen y qué quieren. Tienen que capturar al menos una nave para conocer sus intenciones.

Comenzó una persecución a través del Sector V-456 intentando dar caza a las naves invasoras que duró unos minutos. La nave del almirante tomó la delantera hasta que logró dar alcance a una de ellas. Con un rayo láser inmovilizador, lograron detener su avance; sin embargo, la otra escapó. El resto de la flota había comenzado la persecución de esta última, pero el almirante los detuvo.

—No se preocupen, dejen que se vaya. Con esta nave tenemos suficiente para conseguir la información necesaria. Abórdenla y detengan a cualquier persona, ente o cosa que encuentren. Háganlo con precaución y estén atentos a cualquier intento de escape de esos seres, sean quienes sean.

Uno de los subordinados, junto con una cuadrilla de soldados repartidos en diversas naves, obedecieron en el acto. Se pusieron sus trajes espaciales, tomaron sus armas y se dirigieron con mucho cuidado a la nave capturada, tomando especial precaución de no ser atacados por los enemigos. Lograron ingresar a la nave con facilidad, ya que no había resistencia. Los soldados observaron a su alrededor para analizar la composición y forma de la nave, y pudieron darse cuenta de inmediato de la diferencia que había con las que ellos tenían. Los controles, las dimensiones, las formas, hasta los colores eran diferentes. Sin embargo, su sorpresa fue mayor cuando divisaron que en un rincón había un grupo de cinco personas igual a ellos. Algunos eran más bajos, otros más altos; algunos más gordos mientras que otros más flacos, pero en esencia eran iguales a ellos. Estaban con sus armas empuñadas, similares a las que ellos mismos tenían, pero con algunas pequeñas variaciones. No obstante, aunque estaban con sus armas, se observaba que no tenían intenciones de utilizarlas. Uno de los soldados tomó la palabra.

—¡Ustedes! ¡Suelten sus armas de inmediato! No queremos atacarlos, pero lo haremos si no obedecen.

No hubo respuesta, permanecían inmóviles mirando cómo los soldados les apuntaban con sus armas.

—No sé si me entienden —repitió con voz más lenta para hacerse entender—, pero les ordeno que dejen sus armas en el suelo. ¡Ahora!

Los ánimos de los soldados parecían que se estaban tensando, ya que veían que sus intentos de comunicarse eran infructuosos. El que estaba al mando de la operación y había tomado la palabra decidió probar una estrategia distinta. Mientras sus compañeros seguían apuntando, hizo señas con su propia arma moviéndola al suelo para que los extraterrestres hicieran lo mismo.

—¡Sus armas! ¡Al suelo!

Por fin, después de un largo rato en que los extraterrestres habían permanecido inmóviles sin hacer nada, uno de ellos, que parecía estar a cargo, miró a sus compañeros y les hizo una seña para que dejaran sus armas de lado. Todos obedecieron de inmediato y fueron apresados con rapidez por los soldados de La Cúpula, quienes los tomaron y los encadenaron al instante. El soldado que se encontraba al mando dio la orden de que revisaran el resto de la nave, por si encontraban más personas o cualquier cosa que pudiese ser una amenaza. Al darse cuenta de que no había nada más de interés, el soldado se comunicó con Rick Vald.

—Almirante, hemos tomado posesión de la nave y la tenemos bajo control. Ya podemos llevarla custodiada al hangar de La Cúpula.

—¡Excelente, capitán! Muy buen trabajo. Los escoltaremos para que puedan llegar sin problema.

El capitán y uno de los soldados tomaron los controles de la nave. Aunque eran diferentes a los de su civilización y la forma de la nave era muy distinta, la manera de controlarla y manejarla tenía muchas similitudes. Después de todo, no tuvieron mayor dificultad para dirigirla.

Los cinco prisioneros iban en completo silencio esposados y sentados en un rincón, lo que resultó extraño para el capitán, principalmente por la facilidad con la que todo ocurrió. Por un momento, hasta le pareció sospechosa la situación. Sin embargo, como ya se encontraban de vuelta, decidió seguir con la misión.

Las naves escoltaron a los invasores al hangar secundario de la Gran Ciudad. Tenía que ser así, no podían aterrizar con una nave extraterrestre en el hangar principal, puesto que todos se darían cuenta y se generaría un escándalo que, a todas luces, debían evitar.

Un grupo de soldados estaba esperando en la pista de aterrizaje. Incluso, algunos miembros del Consejo Principal de La Cúpula habían decidido acercarse a ver lo que estaba sucediendo. Descendió en primer lugar el almirante con sus soldados y, bien resguardados, los cinco extraterrestres detenidos, quienes fueron llevados con la mayor celeridad a distintas celdas de prisión. La mirada de los soldados que esperaban en el hangar era de sorpresa al corroborar lo similares que eran esos seres a la especie humana. Por indicación del capitán, uno de ellos, el que parecía ser el líder del grupo, fue llevado a una sala especial para ser interrogado. Se dirigió de inmediato a la silla que se encontraba en el centro de la habitación, sin esperar a que le dieran la orden. Solo había una silla y una mesa en aquella habitación semioscura. Esperó durante un momento hasta que entró Ro como encargada de dirigir el interrogatorio. Todo parecía indicar que, después de la huida de Isaac e Ile, había dejado en manos de sus guardias la situación para dedicarse a esto, que parecía de mayor importancia en ese momento.

—¿Puede entender lo que estoy hablando?

No hubo respuesta.

—¿De dónde vienen?

Silencio total en la habitación.

—¿Sabe dónde se encuentran?

Tampoco hubo respuesta.

—¿Por qué vinieron a este planeta? —insistió Ro. En ese momento, aquel ser que hasta ese instante no había reflejado expresión alguna, levantó la cabeza. Miró fijo a Ro y, con un perfecto lenguaje planetario, respondió con calma.

—Porque hemos venido a reclamar lo que nos pertenece.

Capítulo 10

Los científicos seguían a bordo del vehículo que los llevaba a casa de la madre de Isaac.

—¿Qué esperas encontrar en ese lugar? —preguntó inquisitiva Ile.

—Aún no sé, pero creo que eso es lo que trataba de decirme mi padre. Tengo la impresión de que algo importante podría encontrar en su oficina.

Mientras seguían conversando, llegaron donde su madre. Se encontraba en casa cuando alcanzó a verlos desde lejos, así que fue rauda a recibirlos. Isaac pagó al conductor del vehículo, quien desapareció de inmediato.

—¡Hijo! ¡Qué sorpresa verte por estos lados! Y vienes con tu amiga Ile. ¡Qué alegría verte, jovencita! —Apenas terminó de hablar, abrazó a su hijo y luego dio otro muy apretado a Ile con evidente alegría por verlos a ambos. Ile, con una sonrisa en su rostro, tenía la intención de saludar, pero Isaac se adelantó para hablar presuroso.

—Mamá, disculpa por no avisarte que veníamos en camino, pero es una situación urgente la que nos trae por aquí.

—¿Qué pasó, hijo? ¿hubo algún problema?

—No puedo explicarte en este momento, pero necesito buscar algo en la casa. ¿Aún están las cosas en la oficina de papá?

Cuando la madre de Isaac escuchó hablar de la oficina del padre, de inmediato abrió los ojos y notó con perspicacia que algo raro pasaba. Sin embargo, prefirió guardar silencio sobre esas suspicacias que abrigaba.

—Sí, ese cuarto no ha sido tocado en años. Está tal cual lo dejó tu padre cuando se fue. Puedes revisar y buscar lo que necesites —respondió de tal forma que a Isaac le dio la impresión de que ella sabía lo que estaba buscando, o al menos sabía que había pasado algo. No quiso preguntar más.

Isaac corrió al interior de la casa en dirección a la oficina. Al entrar, solo vio estantes con varios *hololibros* y figuras sin valor alguno. Nunca había entrado a ese cuarto, ya que su padre le tenía prohibido el ingreso cuando era pequeño, y, después de que este se había ido, no quiso saber nada de él; se negó a entrar, tratando de olvidar que su padre existía o cualquier cosa que se lo recordara. Pero ahora era distinto. Sentía que con la conversación que había tenido con su padre, lo había perdonado de todo lo que había hecho. Creía que ya no era momento de guardar rencor. Todo lo contrario, ahora hasta sentía lástima por él. Por fin estaba dentro de aquel cuarto. El problema era que, aunque había dado una vista a todo el lugar, no lograba encontrar algo que pareciera importante.

Ile lo estaba ayudando a revisar los *hololibros*, pero la mayoría de los textos tenían relación con agricultura, que en esta situación carecía importancia. Estaban a punto de darse por vencidos, cuando vieron en un rincón de la habitación una pequeña cajita.

—¿Qué es esa caja?

Isaac, quien no la había visto hasta cuando Ile se lo señaló, puso sus ojos en el pequeño objeto.

—No lo sé, ¿podría ser acaso lo que estamos buscando?

—¡El tesoro! —dijo Ile triunfante.

—¿Tú crees?

—¿Qué más podría ser? Es lo único que parece diferente a todo lo que hay en este lugar.

Se acercaron en dirección a la pequeña caja, convencidos de que habían encontrado lo que buscaban, pero al tomarla y revisarla se dieron cuenta de que estaba completamente sellada. Solo había una pantalla digital donde podían ingresar una clave de cuatro dígitos. De nuevo estaban en el aire, ya que desconocían la clave para ingresar. Isaac pensó algún código que pudiese colocar, pero con la ansiedad no se le venía a la mente ninguno. Intentó ingresar diferentes números al azar sin obtener resultado.

—¿Probaste con todos los números que pasaron por tu mente? ¿Tu fecha de nacimiento?, ¿la de tu hermana?, ¿algún número que recuerdes y que haya sido de interés para tu padre?

—Sí, ya ingresé todos los números y ninguno sirve —respondió con cierta frustración.

—¿Y si le preguntas a tu madre? Tal vez ella pueda saber, o pueda darte alguna idea o pista sobre la clave que necesitamos.

—Tienes razón. Vamos a preguntarle.

Tomaron la cajita y la llevaron consigo fuera de la habitación. Empezaron a buscar a la madre de Isaac por distintos lugares de la casa hasta que la encontraron en la cocina preparando algo de comida para ofrecerle a los jóvenes visitantes.

—Esperaba terminar antes de que se desocuparan —dijo con calma la madre de Isaac—, les estoy preparando una comida para que se puedan servir antes de continuar con lo que están haciendo o antes de que se vayan, si es que tienen prisa

—Gracias, madre, pero no tenemos mucho tiempo en realidad —respondió algo presuroso Isaac—, tenemos que irnos pronto.

—No les estaba preguntando si desean quedarse. Se los estaba comentando solamente, así que no aceptaré un no como respuesta —replicó tajante, pero amorosa—. Se quedarán a comer y después seguirán con sus cosas.

Ile e Isaac se miraron resignados, comprendiendo que nada de lo que pudiesen decir cambiaría la decisión que la madre había tomado, así que decidieron aceptar su invitación. Además, les daría algo de tiempo para distraerse y pensar con mayor claridad las cosas que estaban ocurriendo y, tal vez, preguntarle a la madre si sabía algo sobre la clave de la caja que necesitaban abrir.

La madre de Isaac sabía qué era lo que más le gustaba a su hijo, así que había decidido prepararle su plato favorito. Por supuesto, Isaac no puso reparos. Por ser el hijo menor, siempre fue algo más consentido y mimado que su hermana, y se había costumbrado a ser tratado como el más pequeño de la casa. Obviamente, la madre decía que ella los amaba a los dos por igual, pero en algunas ocasiones demostraba cierta preferencia por su hijo menor. Así que no fue sorpresa que, en esa oportunidad, a pesar de que ya contaba con treinta años, siguiera siendo regaloneado por su madre. Ile los miró con ternura y, por un momento, deseó haber tenido una relación así con su familia.

Ile, a diferencia de Isaac, había sido criada por una familia que nunca estaba con ella, así que prácticamente creció sola en su hogar. Su madre nunca tuvo tiempo para ella porque siempre estaba ocupada en algo: el trabajo, sus amigas, las compras, etc.; mientras que su padre realmente era un inútil que no servía para nada. Así que ella se acostumbró a hacer sola sus estudios y quehaceres. Eso fue durante toda su infancia hasta que cumplió con la edad necesaria para ir a la universidad, cuando fue reclutada por La Cúpula y conoció a Isaac.

—Madre —dijo Isaac interrumpiendo los pensamientos de Ile—, necesitamos de tu ayuda.

—Claro, ¿qué sucede, hijo? —respondió mientras terminaba de preparar lo último que le quedaba en la cocina.

—En la oficina de papá encontramos una caja que debemos abrir con urgencia, pero nos pide una clave de cuatro dígitos. —Hizo una pausa antes de continuar—. ¿Tú sabes qué dígitos o qué clave podría haber escogido papá para abrirla?

—¿Y por qué te interesa ahora saber sobre tu padre? —preguntó la madre mientras servía la comida en los platos que había puesto sobre la mesa.

Isaac no quiso decirle a su madre que había visto a su padre vivo, encarcelado en La Cúpula hacía años. Se imaginaba lo mal que la haría sentir si se enteraba de la verdad, pero tampoco le gustaba mentirle; siempre le habían enseñado a decir la verdad, aunque fuera dolorosa. Así que pensó bien las palabras que iba a responder.

—En realidad, hace un tiempo he estado pensando en los días en que papá se fue. Quise venir a ver si había algo de importancia en su oficina y encontré esta caja. Me imagino que, si está cerrada con una clave, es porque debe ser importante, ¿no te parece?

—Pero, si está cerrada con una contraseña como tú dices, es porque debe ser algo privado, ¿crees que tu padre aceptaría que abras esa caja?

Isaac recordó la conversación con su padre en La Cúpula y reflexionó en lo que le había dicho. Así que, de cierta forma, él mismo lo había motivado a buscar esa caja.

—Pienso que hoy eso no tiene importancia, madre. Hace años que papá nos abandonó, ¿crees que importa lo que opine? —las palabras de Isaac sonaron con un atisbo de tristeza y rabia. Rabia por los años que habían pasado sin él y tristeza por la historia que padre le había contado.

—Sí, tienes razón, hijo. Tu padre ya no volverá, eso lo tengo claro —su tono de voz fue de melancolía y resignación.

—Entonces, no debe haber problema en que intente abrir esta caja, ¿no te parece? El problema es que no tengo la clave.

—¿Y tú piensas que yo podría saber cuál es?

Ile había estado escuchando silenciosa mientras disfrutaba el exquisito plato de comida que había preparado la madre de Isaac, pero en ese momento decidió intervenir.

—Sí, señora Ann. Pensamos que tal vez usted sabría algún número o fecha importante de su esposo. —Se lamentó por haber dicho esta última palabra—. Perdón, quise decir de su exesposo.

Ann pensó un momento tratando de buscar algo en su mente que pudiese ayudar a los muchachos.

—¿Intentaron ya con la fecha de nacimiento de tu hermana o con la tuya?

—Sí, madre, pero no resultó. Probamos varios números al azar, pero nada funcionó.

—¿Se le ocurre alguna otra fecha importante que pueda haber utilizado el papá de Isaac? —volvió a preguntar Ile.

—Se me ocurre un número más que probablemente no han probado, pero no creo que les vaya a resultar.

—¿Cuál? —dijo curiosa Ile—. No perdemos nada con intentarlo.

—Nuestra fecha de matrimonio. Pero como les dije, es difícil que tu padre haya utilizado ese número para algo tan valioso como lo que pareciera que hay en esa caja.

Mientras su madre terminaba de decir aquellas palabras, Isaac intentó probar con esa fecha. Grande fue su sorpresa cuando la clave se activó y la caja se abrió. Ann esbozó una pequeña sonrisa.

—Entonces, ¿era la fecha de nuestro matrimonio? —preguntó disimulando su alegría.

—Sí —respondió Isaac aún con cierta sorpresa—. Parece que su matrimonio le importaba más de lo que pensábamos.

—Así parece. Eso hace que me pregunte con mayor razón por qué se fue. —Hizo una pausa—. Aunque, pensándolo bien, esa pregunta dejé de hacérmela hace bastante tiempo, hijo.

—Y es mejor no seguir pensando en ese tema, señora Ann —complementó Ile, ocultando el hecho de que sabía, al igual que Isaac, que su exesposo estaba custodiado en las oficinas de La Cúpula—, eso al final termina haciéndole mal, y usted es una mujer fuerte que logró salir sola adelante con sus hijos.

—Gracias, hija —respondió con ternura.

Por un instante, habían olvidado por completo el contenido de aquella caja; había pasado a segundo plano. Toda la conversación se había centrado en la fecha de matrimonio y el abandono de su padre. Por un momento, Isaac se vio tentado a contarle la verdad a su madre, decirle que su padre estaba vivo y que lo había visto. Decirle el motivo por el cual su padre se había ido, que todavía seguía pensando en ellos, en su mamá, en su hermana, y que aún los quería. Pero nada de eso podía asegurarlo. Solo eran pensamientos de Isaac, aunque le hubiese gustado creer que eran realidad; sin embargo, ante las circunstancias no podía decir absolutamente nada, ya que todo era información ultrasecreta.

Tanto Ile como Isaac habían olvidado por completo todo lo que estaba sucediendo: su trabajo, la actividad en el Sector V-456, el llamado de La Cúpula, cómo tuvieron que arrancar de ese lugar, y hasta el golpe que le habían dado a aquel guardia para arrancar. Todo eso había quedado en el olvido estando en la casa de su madre. Por un momento, Isaac deseó volver a aquellos tiempos donde todo era más sencillo, más tranquilo, donde no tenía que preocuparse de nada, solo de estudiar y de hacer sus quehaceres en la casa. Lamentaba ya no poder hacerlo.

Volvió de golpe a la realidad; al motivo por el cual estaba en esa casa y a la caja que tenía en su poder. Por fin habían logrado abrirla, solo quedaba revisar su contenido.

Durante la conversación, habían aprovechado de comer casi toda la comida que la madre de Isaac había preparado. Con lo exquisita que estaba, habrían deseado pedir más, pero su atención había vuelto a lo que los había hecho ir a la casa de Ann.

Ile se levantó de su asiento y se acercó al puesto de Isaac para revisar juntos. Ann se quedó tranquila en su puesto, probando un poco más de la comida que había preparado y que aún quedaba en la mesa.

Cuando Isaac abrió la caja, había otra cajita más pequeña, pero sin seguro. La abrió lentamente para mirar dentro, la volteó y de su interior cayó algo que los sorprendió, pero no por lo extraño del objeto; todo lo contrario, les llamó la atención la sencillez del contenido. Era una simple piedra.

No sabían muy bien qué importancia podía tener esa piedra ni por qué debía estar en una caja de seguridad. Ninguno de los dos alcanzó a hacer comentario alguno, pues en ese preciso momento se escuchó el ruido de un vehículo que venía en su dirección. Ambos alcanzaron a ver desde sus asientos a través de la ventana lo que pasaba. Eran dos vehículos negros y grandes que se estacionaron en la entrada de la casa. Eran miembros de La Cúpula que los habían encontrado.

Capítulo 11

Ile se acercó a la ventana para mirar con más detalle quiénes habían venido a buscarlos. De los dos vehículos descendieron 4 guardias. Se veían imponentes, con trajes negros, altos y corpulentos. Al verlos, parecía más bien que estaban yendo a buscar a un criminal peligroso, sobre todo por la forma de ser de estos guardias.

Ile e Isaac se miraron extrañados y se preguntaron cómo había sido posible que los encontraran, si nadie los había seguido. Llegaron a la conclusión de que probablemente el chofer del taxi era un miembro de La Cúpula. Se dieron cuenta de que los tentáculos de aquella organización abarcaban todos los ámbitos de la sociedad. Estaban en todas partes y no había forma de huir de ellos. Tuvieron que reconocer que, si habían logrado escapar, no había sido por su habilidad, sino porque se los habían permitido. Comprendieron que era inútil volver a intentar escapar, ya que serían encontrados otra vez.

Esperaron pacientemente hasta que los cuatro guardias de La Cúpula se fueron acercando a la casa. Había una reja en el inicio del jardín que abrieron sin mayor problema, ya que, al ser un lugar tan tranquilo, no había necesidad de cerrar con llave ni candado. Dos de los guardias se quedaron en la entrada del jardín, mientras que los otros dos empezaron a avanzar hasta llegar a la puerta de la casa. Tocaron y esperaron. Ann se levantó con tranquilidad de su asiento para recibir aquellas inesperadas visitas.

—Buenas tardes, ¿se les ofrece algo? —preguntó con amabilidad.

—Necesitamos ubicar a su hijo, Isaac, y a su acompañante, Ile, señora —respondió con frialdad uno de los guardias, esperando en el umbral de la puerta sin ninguna muestra de cortesía.

—Sin embargo, ustedes están en mi casa, así que les voy a pedir que muestren un poco más de respeto cuando se dirijan a mí.

Los hombres se miraron un tanto asombrados por la forma de responder de la señora; era evidente que no mostraba ningún atisbo de temor o miedo al tratar con ellos. En general, las personas accedían rápido a las peticiones o, mejor dicho, a las órdenes que ellos daban. Desde el fondo de la casa se escuchó la voz de Isaac.

—Madre, déjalos pasar. Vienen por nosotros.

Ann miró con ternura, pero también con preocupación a Isaac. Tenía perfectamente claro que ya era un hombre, tomaba sus propias decisiones y podía defenderse solo, pero, aun así, hacía el esfuerzo de darle la protección que solo una madre puede dar. Por su mente atravesaron tantos recuerdos de las veces que ella lo había protegido cuando era pequeño, cuidado y salvado de situaciones que lo pusieron en peligro. Sin embargo, en esta oportunidad ya no podía hacer más. Sabía lo que pasaría, así que permitió resignada que aquellos hombres entraran a buscar a los jóvenes científicos.

—Ustedes dos, deben acompañarnos —señaló el mismo guardia que había conversado con Ann. El otro se limitaba a observar sin decir una sola palabra.

—¿Y si nos negamos a ir con ustedes? No pueden obligarnos —comentó Ile ante el asombro de Isaac por la inesperada valentía que demostraba en ese momento.

—No pueden negarse, así que se los volveré a pedir. Deben acompañarnos junto con cualquier cosa que tengan bajo su poder y que hayan sacado de este lugar.

—¿Y cómo saben que encontramos algo? ¿Qué pasaría si no encontramos nada o si vinimos a la casa de la señora Ann solo para arrancar de ustedes? —volvió a preguntar Ile sin ningún temor mientras Isaac ya había escondido la caja debajo del sillón donde se había sentado después de almorzar.

—Más les vale haber encontrado algo, ya que todo lo que hicieron para escapar de las oficinas de La Cúpula y las molestias que han causado no pueden haber sido en vano. Están arriesgando sus propias vidas al huir de nosotros. Estamos seguros de que deben haber encontrado algo.

Isaac decidió sacar la cajita, ya que comprendía aquellos guardias encontrarían cualquier cosa. Peor aún, no escatimarían en hacer lo que fuese necesario para lograrlo. No permitiría que en la casa de su madre esos guardias hicieran problemas o destrozos. Prefirió colaborar para evitar dificultades.

—¿Qué es lo que tiene en su poder, señor? —preguntó el segundo guardia apuntando a la caja que tenía Isaac en sus manos—. ¿Nos puede entregar lo que tiene?

—Es lo que encontré en la oficina de mi padre, pero solo es una piedra, así que no tiene mayor importancia. ¿Necesitan que les entregue esto?

—Si estaba en la oficina de su padre, entonces debe ser importante, así que necesitamos llevarla con nosotros —respondió el mismo guardia.

Isaac no quiso mencionar que esa piedra estaba en una caja de seguridad con una clave secreta, para no exaltar más a los guardias.

—De acuerdo, pero solo se la entregaré a la persona que esté a cargo y nos pueda ayudar a entender qué significa esto.

—Está bien. Puede conservar lo que tiene. Pero deben acompañarnos en este preciso momento. No podemos seguir esperando.

—Bueno, pero no es necesario que hagan más problema. —A Isaac principalmente le preocupaba su madre y su casa. No quería que aquellos guardias la involucraran en la situación, ni menos que hicieran daño a la casa que con tanto esfuerzo su madre se había encargado de cuidar.

Isaac se encontraba cerca de los guardias mientras Ile aún estaba sentada en la silla de la mesa del comedor donde hacía minutos había estado comiendo tranquila. Había sido el único momento en paz que pudieron disfrutar de aquel largo día. Se levantó de su asiento y se dirigió a los guardias que estaban inmutables en la puerta. No fue necesario el uso de armas ni la fuerza para que obedecieran. Y para suerte de Isaac, una vez que salieron de la casa, los guardias simplemente se despidieron de su madre deseándole un buen día, sin necesidad de causar problemas. Ile se despidió de Ann con un abrazo.

—Por favor, cuida a mi hijo, querida —dijo con cariño. Ile caminó en dirección al auto que los esperaba, dejando por un instante solo a Isaac con su madre.

—Hijo, cuídate, por favor —dijo Ann ante la mirada atenta de uno de los guardias que esperaba a Isaac.

—Sí, madre. Lo haré. Tú también, por favor. Te quiero mucho. —Le dio un beso en la frente y caminó lento hacia el vehículo que tenía la puerta abierta, custodiado por el guardia que iba detrás suyo. Ann se quedó en el umbral de la puerta observando cómo se alejaba su hijo junto a aquellos hombres.

Isaac se subió al vehículo que le indicaron los guardias. Estos también abordaron, encendieron los motores y partieron a toda velocidad en dirección a La Cúpula.

Llevaban algo de distancia de la casa de la madre de Isaac, cuando una enorme explosión que remeció hasta el vehículo donde viajaban Isaac e Ile se escuchó en las cercanías. Un escalofrío recorrió el cuerpo de Isaac, quien de forma inmediata se dio vuelta para ver lo que había sucedido. Su peor presentimiento se había vuelto realidad, la explosión venía de la casa de su madre. Solo se veía una gran nube de humo y fuego consumiendo la casa que con tanto amor y dedicación lo había alojado a él, a su hermana y a su madre durante tantos años. De alguna manera, los guardias habían hecho estallar la casa de Ann. Lo más triste era que lo habían hecho con ella dentro.

Un dolor enorme recorrió el cuerpo de Isaac y una lágrima rodó por su mejilla; sin embargo, no dijo una sola palabra. Ile lo miró sin decir nada, simplemente le tomó la mano y comenzó a llorar en silencio.

Isaac comprendió en seguida que lo ocurrido había sido un mensaje de parte de La Cúpula: si deseas tomar riesgos, debes asumir las consecuencias de tus actos. Por un momento, lamentó lo sucedido ese día y se arrepintió de haberle dedicado tantos años de su vida a aquella organización que, por fin, estaba sacando a relucir sus verdaderas intenciones.

Durante un momento, el sentimiento de Isaac fue de completo dolor y total sufrimiento por la pérdida de su madre. Por su mente pasaron todos los recuerdos bellos que había tenido de su infancia junto con su amada madre. Sin embargo, al correr los minutos su emoción se fue transformando en ira hacia aquella organización y, en ese instante, comprendió las palabras de su padre y lo que había hecho para vengarse de La Cúpula. Debía buscar la forma de ayudar a su padre a salir; aunque ahora no supiera cómo, ya se le ocurriría algo.

El resto del camino en dirección a La Cúpula fue un eterno silencio. Uno de los guardias conducía mientras el otro lo acompañaba en el puesto del copiloto sin decir una sola palabra. De vez en cuando, el conductor miraba por el espejo retrovisor para observar a los dos pasajeros que iban en el asiento trasero, pero estos iban callados sin reflejar emoción alguna. Ile no sabía qué decir para consolar a Isaac, así que se limitó a tomarle la mano. Isaac iba pensando en lo que había pasado y lo que debía hacer de ahora en adelante, así que intentaba buscar respuestas en su mente, pero no lo conseguía. Estaba perdido en sus pensamientos sin saber qué hacer. Sabía que odiaba a La Cúpula por lo que habían hecho, pero necesitaba saber cómo demostrarlo.

Mientras Isaac seguía pensando, el vehículo se detuvo. Habían llegado a su destino: el centro de operaciones de La Cúpula, el mismo lugar del que hacía solo unas cuantas horas habían logrado escapar. Esta vez no parecía su lugar de trabajo, sino una prisión que debían enfrentar. El consejo de La Cúpula ya no eran sus patrones ni sus jefes, ahora eran enemigos que debían vencer; sin embargo, esta última misión parecía imposible, ya que ellos eran solo dos, mientras que La Cúpula era toda una organización que dirigía la Gran Ciudad.

Bajaron de los vehículos sin mucho entusiasmo y siguieron a los guardias hasta una pequeña oficina donde los esperaba Ro, quien parecía tener una expresión preocupada y molesta a la vez. Sin duda, cuando Isaac e Ile se arrancaron de aquel lugar habían provocado que los planes sufrieran un cambio; además, sacó a relucir las verdaderas intenciones de la organización. Y eso Ro lo sabía.

—¿Se dan cuenta de lo que nos han hecho pasar por estar jugando a escaparse? —preguntó con evidente molestia.

Isaac observó con ojos penetrantes a Ro, pero no dijo una sola palabra. El dolor y la rabia lo consumían por dentro. No deseaba hablar para evitar dejar salir aquellos sentimientos, ya que sabía que los únicos perjudicados de actuar con imprudencia serían ellos mismos. Debía ser inteligente y astuto si deseaba vengarse de La Cúpula.

—¿Y eso les da motivos para matar a la madre de Isaac? —sin darse cuenta, Ile había elevado la voz—. Lo que han hecho ha sido asesinar a una persona inocente que no tenía nada que ver con este asunto.

—Niña, niña —repuso con frialdad Ro—, si tuvieras los años de experiencia que yo tengo y la suficiente inteligencia, te habrías dado cuenta de que esta situación era confidencial y ustedes cometieron la torpeza de involucrar a otra persona. Nadie se burla así de La Cúpula. Por eso tuvimos que hacer lo que hicimos. Así que, si hay un culpable de la muerte de esa persona, son ustedes.

Isaac miró a Ro con expresión de desprecio y odio. Tener el descaro de culparlos a ellos por algo que habían cometido sin ningún tipo de vergüenza, a vista y paciencia de todos. Eso nunca se los perdonaría, lo tenía decretado. Pero sabía que no era el momento de actuar. Debía aguantar la rabia que lo embargaba. Tenía que ser inteligente, actuar con sabiduría y dejar que las cosas sucedieran a su debido tiempo. Así que prefirió quedarse callado sin decir una sola palabra.

Ro esperó un momento por si venía alguna réplica, pero Ile también decidió callar, ya que suponía que debía haber alguna buena razón para que su amigo mantuviera el silencio.

—Ustedes fueron a la casa de tu madre —dijo señalando a Isaac— porque tu padre les dijo algo importante. Algo que no quisieron decir y prefirieron esconder. Necesitamos que nos digan qué era y qué cosa trajeron de la casa de tu madre.

—¿Y están seguros de que no saben lo que conversamos? ¿Acaso no tienen controlados a todos en este lugar? De seguro tienen que haber escuchado lo que hablamos —dijo con impotencia Isaac.

—¿De qué estás hablando? Acá no se controla a nadie. Todos tienen plena libertad de hacer lo que deseen.

—¿Y cómo es que nos encontraron entonces? ¿No tienen espías por todas partes manipulando y controlando nuestros movimientos?

—Por favor, Isaac —Ro trató de ser condescendiente—, ¿crees que vale la pena seguir discutiendo este tema cuando hay otras cosas de mucha más importancia?

No quiso responder. Con el comentario de Ro, se dio cuenta de que para La Cúpula haber asesinado a su madre era algo sin importancia, y él no estaba dispuesto a perdonarlos. Pero por el momento, lo mejor era seguir sus indicaciones mientras pensaba cómo vengarse.

—Mi padre me dio a entender que en la casa de mi madre, a quien ustedes asesinaron, estaba la clave, o por lo menos había algo que nos ayudaría a descubrir lo que estaba sucediendo, así que decidimos ir a buscar lo que estaba escondido. Allí encontramos esta caja. —Le pasó la caja a Ro. Decidió que, por el momento, lo mejor era colaborar con ellos, o al menos aparentar que lo estaba haciendo—. Pero al abrirla solo nos encontramos con esto. —Mostró la piedra—. No sabemos qué puede significar.

—Isaac —interrumpió Ile—, muéstrame un momento la piedra de nuevo, por favor.

Isaac se la entregó.

—¿Te das cuenta de que la piedra tiene algo extraño?

—¿Extraño?, ¿a qué te refieres?

—Nunca había visto una piedra así, con esta forma. Sabemos que es una piedra por su textura y composición, pero no habíamos notado que es diferente a las que conocemos.

—¿Y qué podría tener de interés una piedra? —consultó Ro indiferente.

—Sería cosa de examinarla con más detalle. Deberíamos sacar una muestra y analizarla. —Se dirigió a Ro—. ¿Pueden facilitarnos un laboratorio donde analizar esta piedra?

—Claro —respondió Ro. Guardó silencio un momento y continuó—. ¿Se dan cuenta de que, si colaboran, las cosas suceden de una forma mucho más simple? Acompáñenme.

Isaac e Ile se miraron con rabia. No rabia entre ellos, sino hacia La Cúpula, hacia todo lo que estaba ocurriendo en ese lugar. Sentían que estaban pasando cosas muy sucias y deseaban saber cuáles. Por eso, necesitaban avanzar y hacer creer que colaboraban con la investigación.

Ro salió de la oficina y caminó en dirección a otra puerta que se encontraba a varios metros de distancia. Ile e Isaac iban detrás mirándose de reojo de vez en cuando sin decir una sola palabra, como si estuviesen comunicándose en forma telepática, pero sabiendo que ahora era el momento de estar más unidos que nunca. No habían notado que detrás de ellos había dos guardias que los seguían a cierta distancia para evitar que volvieran a escapar.

Siguieron caminando por los pasillos de las instalaciones hasta que llegaron a un laboratorio repleto de ventanales por donde se podía observar su interior. Ro hizo la señal con su mano derecha indicándoles que aquel lugar era el que necesitaban para realizar su investigación y análisis. Los dos jóvenes entraron y comenzaron a trabajar en seguida. Buscaron por el lugar hasta encontrar un pequeño cincel para hacerle un pequeño corte a la piedra y examinarla. Comenzaron a hacer los estudios y análisis pertinentes para determinar su composición. Estuvieron unos minutos examinando el trozo de piedra mientras Ro los observaba con paciencia afuera del laboratorio junto con los dos guardias, quienes no les quitaban los ojos de encima, esperando que llegaran a un resultado satisfactorio.

Pasado un tiempo, Ro entró al laboratorio y decidió interrumpir el trabajo y las conversaciones que mantenían Ile e Isaac.

—¿Lograron encontrar algo de importancia?

—Hay algo que nos llama la atención de esta piedra —respondió Isaac—. Su composición es desconocida para nosotros. Solo pudimos distinguir algunos silicatos que son comunes en nuestras piedras, pero los demás elementos no logramos descifrarlos.

—¿Cómo es posible que no hayan logrado descifrar sus compuestos?, ¿será que no tienen los utensilios necesarios para hacer el trabajo correspondiente?, ¿hay algo que les falte? Si ese es el caso, podemos conseguir lo que necesiten para que puedan terminar.

—No, no es eso —respondió Ile—, tenemos todo lo necesario aquí. El problema es que hay algunos compuestos de esta piedra que jamás habíamos visto. Sin ser especialista en la materia, podemos decir a ciencia cierta que la piedra que tenemos no es de este lugar.

—Y eso, ¿qué puede significar?

—Creemos —dijo Ile con decisión— que la piedra que tenía guardada el padre de Isaac no es de este planeta.

Capítulo 12

Mientras Ro se encontraba con Ile e Isaac analizando la composición de esa misteriosa y extraña piedra, el coronel Pride intentaba dar explicación a las palabras del extraterrestre. ¿Qué podían significar? ¿A qué se refería cuando dijo que estaban reclamando lo que les pertenece? ¿Qué cosa les pertenece? ¿Por qué vienen ahora a reclamar eso que supuestamente es de ellos?

Momentos antes, Ro había intentado conseguir algo de ese ser, pero no había logrado sacarle más información a ese "hombre". Por más que lo había intentado, no logró conseguir nada hasta que su paciencia se agotó. Por ello, prefirió ordenar al coronel Pride que intentara por otros medios conseguir algo que pudiese servirles respecto a quiénes eran y qué estaban buscando.

El coronel entró al cuarto donde tenían detenido al alienígena. Se acercó a él con la misma calma que demostraba cuando hacía todas las cosas.

—Sé que entiendes lo que estoy diciendo —dijo con tranquilidad. Tomó el asiento que se encontraba en el cuarto y se sentó—. Por alguna razón que me gustaría conocer compartimos el mismo idioma.

El extraterrestre lo miró en forma desafiante.

—Entiendo todo lo que dicen y hacen.

—Entonces sabes que tenemos el poder de hacer cualquier cosa que estimemos necesaria para conseguir la información que requerimos.

—No me sorprendería, sabiendo la patraña de humanos que son. Están dispuestos a cualquier cosa.

—¿Cómo puedes decir eso?, ¿acaso nos conoces para hacer semejante acusación?

—De gente como ustedes no se puede esperar nada bueno.

El coronel se dio cuenta de que tampoco iba a llegar a ningún lugar si seguía por ese camino, así que intentó otra estrategia para comunicarse.

—Creo que hemos comenzado con el pie izquierdo.

—¿Te parece que es de otra forma? Nos tienen a mí y mis compañeros detenidos como si fuéramos simples delincuentes.

—Será quizás porque ustedes vinieron a invadir nuestra soberanía. —Hizo una pausa y respiró profundo—. Pero quisiera que empecemos de nuevo. Voy a tratar de ser lo más comprensivo posible según las condiciones en las que te encuentras en este momento. Me voy a presentar. Yo soy el coronel Edmund Pride y estoy a cargo de todo lo que ves. ¿Tú tienes nombre?

—Me llamo Jor.

—¡Excelente! Estamos empezando a entendernos. Jor, por lo que pude ver, imagino que estás a cargo de la nave, ¿cierto?

—Así es, yo soy el capitán de la nave.

—¿Y tienes familia, Jor? ¿Esposa?, ¿hijos?

—Sí, tengo una familia. Una esposa y una hija

—Entiendo. Yo tenía una esposa. Fui feliz durante cuarenta años, pero lamentablemente falleció hace un par. Nunca tuvimos hijos, pero siempre tuvimos ese deseo. —Meditó por un momento—. Así son las cosas de la vida. ¿Cómo se llama tu hija?

—Columba —respondió sin un atisbo de empatía.

—Imagino que debe ser la niña de tus ojos, ¿no?

—Así es.

—¿Y te gustaría volver a ver a tu familia? —preguntó el coronel detenidamente, con la intención de hacer reflexionar a Jor. Este no respondió, solo miró al coronel Pride un instante con cierta rabia contenida por haber tocado un aspecto tan sensible como su familia. Lo que más deseaba en ese momento era estar con su esposa y su pequeña hija. A esas alturas no sabía si regresaría a su hogar. Después de todo, cuando había comenzado aquella misión sabía que existía la posibilidad de que no pudiese volver a verlos. El coronel se dio cuenta de la reacción de Jor—. Pues bien, es muy comprensible. Por eso necesitas cooperar con nosotros. Tenemos que saber quiénes son ustedes; por qué y de dónde vienen. Y también necesitamos averiguar si son una amenaza para nosotros. ¡Deben decirnos!

Una vez más Jor quedó mirando a Edmund y esbozó una sonrisa. No una de alegría, sino más bien de escarnio. Sin embargo, no dio respuesta alguna.

—Y dices que han venido a reclamar lo que les pertenece, ¿no es verdad?

—Así es. Si supieras la verdad, entenderías que este planeta nos pertenece por derecho.

El coronel Pride lo miró extrañado.

—¿Y por qué dices eso? ¿Acaso ustedes no tienen un planeta como hogar? ¿No vienen de alguna parte? —Presentía que por fin se estaba acercando a alguna información útil.

—Sí, venimos de un lejano lugar. Lamentablemente, nuestro planeta está muriendo.

—Siento mucho que su planeta esté muriendo, pero ¿qué les hace pensar que pueden venir y apoderarse del nuestro?

—¿Y qué les hace pensar a ustedes que este planeta es suyo?

—Bueno, la historia dice que llevamos miles de años habitándolo. El origen de la raza humana ha sido en este lugar. Aquí se ha formado y desarrollado nuestra especie desde hace eones. Todo lo que el ser humano ha hecho, lo ha realizado en este planeta.

Jor miraba al coronel y sonreía con burla. Algo en su rostro decía que no estaba creyendo para nada las palabras de su interlocutor. Sin embargo, decidió callar. Creía que no era el momento.

—¿Por qué dices que tu planeta está muriendo?

—Porque está enfermo. Hace mucho tiempo ha ido en decadencia tanto el planeta como sus habitantes. Los mares, ríos y lagos se están secando. Nuestra fauna se está extinguiendo y nuestras plantas están muriendo.

—Lamento mucho lo que me estás contando, Jor —el coronel expresó cierta empatía y condescendencia en sus palabras—. Imagino que debe ser difícil vivir en un planeta en esas condiciones.

—Así es. Por esa razón nos hemos pasado varias vidas buscando uno habitable… hasta que encontramos este.

—El problema para ustedes es que este planeta ya está habitado por nosotros, los seres humanos. No pueden llegar a usurpar lo que es nuestro. Menos con tanta violencia y hostilidad.

—Sin duda, no estás entendiendo nada, ¿verdad?

El coronel comenzaba a perder la paciencia con tanto misterio. Había logrado conseguir bastante información hasta el momento. Había comprendido que efectivamente habían venido de un planeta distante que estaba muriendo, y que estaban buscando otro lugar para vivir hasta que encontraron este planeta. Lo que no entendía era por qué Jor decía que les correspondía por derecho. El problema era que no le estaba diciendo nada específico.

—¿Qué cosa es la que no entiendo? —respondió el coronel con notoria impaciencia y algo de molestia. Su tono y volumen de voz iba aumentando de manera considerable.

—No entienden por qué están aquí ni tampoco qué hacen en este lugar.

—Y según ustedes, ¿por qué estamos aquí y qué hacemos en este planeta? ¿Tienes tú la respuesta?

—Eso deberían preguntárselo a sus autoridades, no a mí. Ellos saben la verdad de todo esto.

—Te lo estoy preguntando a ti. Quiero entender por qué han hecho este viaje. Por qué llegaron a nuestro planeta a desafiarnos, y por qué dicen que este planeta les pertenece.

A pesar de que habían tenido una conversación amplia, en esta oportunidad no hubo respuesta de parte de Jor. El coronel se levantó de su asiento, caminó alrededor de la habitación y pensó qué podía hacer para desentrañar esa maraña de misterio que se había formado. Durante un momento no se le ocurrió nada para lograr recoger la información que necesitaba. Se detuvo en un punto y miró al prisionero. Una sonrisa se dibujó en su rostro. Caminó en dirección a la puerta y ordenó con total tranquilidad al guardia que custodiaba la entrada:

—Por favor, tráiganme a uno de los detenidos.

De inmediato, el guardia se comunicó con otros que estaban cerca y fueron a buscar juntos a uno de los presos que se encontraban encerrados en una celda a unos cuantos pasos. Al llegar, el grupo de detenidos estaba sentado sin ninguna expresión, mirándose entre sí. Cuando uno de los guardias abrió la celda, todas las miradas se dirigieron hacia él. Observó con detención a los presos y notó que uno era evidentemente más joven que los demás.

—Tú, el más joven, sígueme.

El joven se sorprendió, en un principio se negó a obedecer. Sin embargo, ante la insistencia del guardia y la seña que le hizo otro de los prisioneros pidiéndole que hiciera caso, finalmente acató la orden. Se levantó del asiento, observó a los demás presos y salió de la prisión. El guardia principal caminó delante de él mientras los demás lo llevaban custodiado hacia donde se encontraba el coronel Pride.

Para el joven todo era nuevo y diferente a lo que conocía: las habitaciones, las oficinas, las máquinas. Se notaba que había terminado recién la adolescencia, y esta debía ser una de sus primeras misiones como navegante.

Entraron en la habitación y el coronel dio la orden para que los guardias que custodiaban al joven se retiraran de inmediato. Una vez que quedaron solos los tres, el coronel pidió al joven por favor que se sentara.

—¿Cuál es tu nombre?

Antes de responder, el muchacho observó a Jor un instante, como si estuviese pidiéndole autorización. Este le hizo un gesto para que lo hiciera sin temor.

—Frick, señor —respondió con cierto nerviosismo el joven.

—Así que tu nombre es Frick —comenzó a hablar altivo el coronel mientras caminaba lento de un lado a otro en la habitación. Definitivamente, había cambiado el tono de la conversación—. Por si no me conoces, yo soy el coronel Edmund Pride y dirijo estas instalaciones. —Se comenzó a acercar a Frick— ¿Sabes?, he tratado de averiguar algunas cosas sobre ustedes, pero tu superior... porque supongo que Jor es tu superior, ¿cierto?

—Sí

Jor miraba atento la conversación lamentando que algo malo pudiese suceder, un poco angustiado por la situación a la que se estaba enfrentando el muchacho.

—Pues bien, tu superior se ha negado a entregarme la información que necesito en este momento con tanta urgencia. ¿Qué crees tú que debemos hacer con él? Nosotros somos personas civilizadas y razonables, no estamos en circunstancias de golpear o torturar a nuestros prisioneros. Eso es de civilizaciones primitivas y rústicas. Nosotros dejamos de hacerlo hace mucho tiempo.

No hubo respuesta de parte del joven Frick. En realidad, no sabía qué decir.

—Tal vez, deberíamos buscar otras estrategias para hacer que hable, ¿no te parece? —Hizo una pausa y pensó bastante antes de continuar—. Por ejemplo, la siguiente... —Se arrimó a Frick, sacó el arma que tenía enfundada y le apuntó directo en la cabeza. Su actitud cambió a un tono amenazante—. Tal vez, si le disparo en este momento al muchacho, tengas ganas de responder las preguntas que te estoy haciendo.

Un escalofrío recorrió el cuerpo de Jor. Nunca se imaginó que el coronel sería capaz de hacer algo así. Hasta ese momento, había sido una persona bastante razonable y condescendiente, hasta cercana. Sin embargo, después de todo parecía un bárbaro y podía esperar cualquier cosa.

—¡No lo hagas, por favor! ¡No lo mates!

—¿Y por qué debería hacerte caso? —preguntó el coronel sin sacar el arma de la sien de Frick, quien estaba horrorizado—. Hasta el momento, no has querido colaborar y no has respondido todas las preguntas que te he hecho, menos aquellas que son las más importantes. Solo estás dilatando la conversación y eso ya me tiene sumamente molesto. Necesito que me des respuestas. ¡Y las quiero ahora!

—Está bien —respondió Jor con evidente preocupación—, responderé tus preguntas. Pero, por favor, no le hagas nada al muchacho.

El coronel quitó el arma de la cabeza de Frick y la volvió a guardar. Llamó de nuevo al guardia que custodiaba la puerta y le ordenó que se llevaran al joven a su celda. Frick estaba en evidente estado de preocupación y muy temeroso por lo que acababa de suceder. El guardia entró en la habitación, tomó a Frick y se lo llevó. Otra vez, quedaron solos en la oficina.

—Ahora sí, quiero que respondas todas las preguntas que te voy a hacer. Si no lo haces, esta vez no seré el culpable de mis acciones.

—Está bien —contestó Jor resignado.

—¿Por qué están aquí?

—Como les dije hace un momento, porque hemos venido a recuperar lo que nos pertenece.

—¿Y qué es lo que les pertenece?

—Este planeta. Es nuestro por derecho.

—¿Por qué dices que este planeta es suyo por derecho?

—Porque fuimos los primeros en descubrirlo.

—Pero eso es absurdo —dijo el coronel soltando una risa sarcástica—, ¿acaso ustedes no tienen su propio planeta donde vivir?

—Sí, tenemos uno.

—Entonces, ¿para qué desean habitar otro si ya tienen uno propio?

—Porque, como también les dije hace un momento, nuestro planeta está muriendo.

—¿Y cómo se llama el planeta de donde ustedes vienen?

—Tierra.

Capítulo 13

Isaac e Ile seguían en el laboratorio justo con Ro, quien insistía en pedir más información de la composición de la piedra que habían encontrado o cualquier cosa que pudiese ser relevante.

—¿Pudieron averiguar algo más sobre esa roca?, ¿algo que nos pueda servir para identificar su origen o composición? —inquirió presurosa.

—Es todo lo que sabemos —respondió Ile mientras se sacaba los guantes que había estado usando momentos antes para manipular y estudiar aquella piedra—, lo único que podemos asegurar es que no es de este planeta.

—¿Será posible que esta piedra tenga alguna conexión con todo lo que está sucediendo?, ¿o es simple coincidencia?

—Puedo asegurarle —intervino Isaac— que esta piedra es parte importante para descubrir lo que está pasando. Y tengo muy claro lo que en este momento debo hacer, pero no sé si sirva de algo o si sea provechoso.

—¿Qué necesitas hacer? —preguntó Ile con curiosidad.

—Sí, ¿qué necesitas hacer? —repitió la pregunta Ro—. Tal vez podamos ayudarte.

—Debo hablar con mi padre de nuevo, pero siento que podría ser del todo inútil.

—¿Por qué dices eso, Isaac? —preguntó Ile.

—Porque sabe que ustedes —señaló a Ro— estarán espiando la conversación, y no hablará por eso.

Ro no respondió. Observó un momento a Isaac y guardó silencio. Sabía que lo que decía era verdad. Intentó buscar alguna excusa o respuesta, pero no se le ocurrió nada. Así que, simplemente, prefirió omitir cualquier comentario al respecto y desviar la conversación.

—Pero ¿podrías intentarlo de nuevo? Tal vez ahora tengas éxito en tu interrogatorio, siempre y cuando hagas las preguntas adecuadas.

Isaac miró desafiante a Ro. Ahora estaba colaborando y ayudándola, pero aún no podía olvidar lo que le habían hecho a su madre y, a pesar de eso, notaba que no les importaba en lo más mínimo sus sentimientos. Decidió aguantarse. Debía guardar esa rabia contenida para el momento apropiado.

—Si desean, me pueden llevar de nuevo con mi padre para tratar de hablar con él. Intentaré conseguir algo de información otra vez.

Una sonrisa cubrió el rostro de Ro. Asumía que Isaac estaba colaborando esta vez, presumiendo que lo que había pasado con su madre había quedado en el pasado. Ile solo se limitaba a observar. Trataba de entender los sentimientos de Isaac. Después de conocerlo por tantos años, podía imaginarse cómo se sentía sin miedo a equivocarse. Pero no dijo una sola palabra.

Ro dio la orden al guardia que custodiaba la entrada, quien llamó a un grupo de escoltas por el intercomunicador para que llevasen a Isaac y a Ile a la celda donde se encontraba el padre. Los llevaron de inmediato caminando por un corredor lleno de oficinas y habitaciones que conducían a diversos lugares que, en ese momento, para Isaac y para Ile no tenían ninguna importancia. En esta oportunidad iban bien custodiados por aquellos guardias para que no intentaran nada extraño como lo habían hecho temprano ese mismo día.

Caminaron unos cuántos minutos hasta que llegaron a la prisión donde estaba encerrado Fer. Igual que la primera vez, lo encontraron sentado mirando al suelo sin expresión. Esta vez, Isaac se acercó hacia él sabiendo quién era y con la disposición de contarle lo que había pasado durante ese día. Ile caminó con él para acompañarlo mientras Ro se quedaba observando a cierta distancia junto con los guardias, quienes vigilaban atentos los movimientos de ambos jóvenes científicos.

—Padre —comenzó Isaac, tocando el vidrio que los separaba para suavizar la situación—, entendí el mensaje que me dijiste hoy y encontré lo que tenía que encontrar.

Fer levantó la cabeza con sorpresa al ver a su hijo parado frente a él.

—¡Hijo! ¡Qué bueno verte otra vez! Sabía que podrías encontrar lo que necesitabas, aunque no haya podido decírtelo en forma explícita en su momento. Confiaba en que serías lo suficientemente astuto para darte cuenta de lo que estaba hablando. Y no me has defraudado. —Miró a Ile atento y con cierta desconfianza—. ¿Y ella?, ¿quién es?

—Es mi amiga y compañera, Ile. Te pido que confíes plenamente en ella, igual que lo hago yo, por favor.

—Un placer poder saludarlo, señor —respondió algo nerviosa.

—Hola, señorita Ile. Imagino que estás ayudando a mi hijo a resolver este dilema, ¿no? —El rostro de Fer se ablandó y suavizó de inmediato al saber que era amiga de Isaac.

—Así es, señor. Usted nos dio las pistas adecuadas cuando habló temprano con Isaac y él logró dar con la información que necesitábamos. —Hizo una pausa—. Aun así, requerimos de su ayuda.

—¿Y en qué puedo ayudarlos en esta oportunidad?

—Encontramos la piedra que tenías escondida en la oficina de la casa —interrumpió Isaac—, logramos descubrir y descifrar la clave de la caja donde la tenías guardada.

—¿Y cómo lograron dar con ese código?

—Mi madre nos ayudó.

Fer pensó por un instante en su esposa. Meditó en cuánto la amaba y el dolor que sentía por haberla abandonado. En el dolor que ella debió haber sentido cuando él se fue, y el daño que causó a la familia completa por su huida. Eso hizo que su rabia en contra de La Cúpula creciera aún más.

—Tu madre… no te imaginas cuánto quisiera verla otra vez y explicarle por qué tuve que hacer todo lo que hice.

—Bueno, lamento decirte que ya no podrás hacerlo —dijo Isaac con una mezcla de rabia y de tristeza.

—¿Por qué?, ¿le pasó algo?

—Murió… —Un nudo en la garganta atravesó la palabra que había pronunciado, dejando de hablar en ese momento.

Fer no podía creer lo que estaba diciendo su hijo. No pudo ocultar su asombro y tristeza al escuchar lo que había ocurrido con su amada Ann. A pesar de que la había dejado hacía años, nunca la olvidó ni tampoco dejó de quererla.

—Pero ¿cómo fue posible?, ¿qué le ocurrió?

—Esa pregunta hay que hacérsela a los miembros de La Cúpula. Ellos son los responsables de lo que ha estado sucediendo aquí. Y por eso necesito que terminemos con esto de una vez por todas.

Fer se había tratado de convencer de que La Cúpula no sería capaz de hacer algo tan despiadado. Sin embargo, ahora estaba cada vez más seguro de hasta qué punto la maldad de La Cúpula podía llevar a cabo cosas inimaginables.

—Padre, sé que escuchar lo que te dije debe haber sido doloroso para ti, igual que lo fue para mí. Pero, por favor, necesito que te concentres y me ayudes. —Apoyó su mano sobre el vidrio que lo separaba de su padre y le dio unos golpes para hacerlo reaccionar.

—Lo siento, hijo —respondió volviendo en sí—, la noticia que me has dado ha sido demasiado fuerte para asimilarla tan rápido. —Se levantó de su asiento tratando de reponerse—. Dime, ¿qué necesitas que haga por ti?

—Analizamos esa piedra que tenías guardada y nos dimos cuenta de que no es de este planeta. Necesitamos saber dónde conseguiste esa cosa.

—Señor Fer —interrumpió Ile—, ante todo, lamento mucho la pérdida de su esposa. Imagino que debe haberle dolido mucho tener que dejarla, y ahora enterarse de su muerte debe ser mucho más doloroso aún.

—Así es, joven. No te imaginas el dolor que siento en este momento. Sin embargo, todo caerá por su propio peso, señorita Ile. Mientras tanto, quisiera ayudarlos, pero no sé de qué forma puedo hacerlo.

—Tal vez podría decirnos lo que acaba de preguntar Isaac. ¿Cómo consiguió esa piedra y por qué la guardó tanto tiempo?

—Isaac, Ile, creo que ha llegado el momento de contarles mi verdad, lo que ha pasado con mi vida todo este tiempo. Sé que los miembros de La Cúpula están escuchando esta conversación, pero a estas alturas ya no me importa absolutamente nada. Siempre había tenido la esperanza de volver a ver a Ann, aunque fuera una vez más, pero ahora La Cúpula me ha hecho abandonar toda esperanza. Me han quitado a la persona que más he amado. Por esa razón, estoy dispuesto a contarte todo a ti, hijo mío, y a tu compañera, Ile.

Un nudo en la garganta apareció en Ile cuando Fer desahogó sus sentimientos. Isaac también trató de contener la tristeza que sentía al oír hablar a su padre.

—Pero padre —dijo Isaac—, ¿consideras que La Cúpula merece saber este secreto que has guardado tanto tiempo?

—Eso ya no importa, hijo. Si alguien tenía que saber la verdad, no hay mejor persona que tú. De todas formas, mi venganza ya está muy próxima a cumplirse.

—¿Y cuál es esa venganza que se va a cumplir pronto? —preguntó Ile tratando de reponerse de la tristeza que la embargaba, reflejando de nuevo esa actitud curiosa que la caracterizaba.

—Déjenme contarles primero todo lo que ocurrió desde que tuve que irme de casa.

—Está bien, padre. Escuchamos atentos —dijo Isaac pacientemente.

Fer se acomodó en su asiento, pensó un momento cómo comenzar su relato para decir las palabras correctas.

—El día que tuve que abandonar el hogar, sabía que probablemente nunca más volvería a verlos, porque la misión que tenía que realizar era de suma importancia. Como te conté durante la mañana, Isaac, los miembros de La Cúpula me obligaron a realizar misiones en secreto para ellos, amenazándome con quitarle la vida a ustedes o separarlos de mí. Aunque tuve que hacerlo de mala gana, no podía perdonar lo que ellos hicieron. Así que comencé a planear mi venganza. No fue fácil encontrar algo que los pudiese incriminar, ya que ellos saben esconder muy bien cada pisada que dan, por algo nunca han sido descubiertos en sus actos. Tuve que adentrarme cada vez más en el mundo oscuro de La Cúpula y los suburbios en los que se encontraba metida hasta que por fin encontré algo.

—¿Qué encontró, señor? —inquirió Ile.

—Por favor, dime Fer. —Esbozó una sonrisa, aunque todavía triste por la noticia que había recibido momentos antes.

—Está bien, Fer, cuéntenos, ¿qué encontró?

—Logré dar con documentos confidenciales de La Cúpula, a los cuales podía acceder en forma limitada y cada cierto tiempo; sin embargo, tenía que ser muy cauteloso y paciente. Cada vez que podía, buscaba y leía alguno que pudiese servirme, hasta que un día logré dar con lo que tanto buscaba. Este documento hablaba sobre un planeta que se encontraba a varios pársecs de distancia.

—¿Pero ¿qué tiene de especial un planeta? —interrumpió Isaac—. A la fecha conocemos miles sin mayor importancia.

—Hijo, este planeta era especial, ya que se encontraba habitado.

—¿Habitado? ¿Estás diciendo que desde La Cúpula conocían de la existencia de este planeta habitado?, ¿y nunca hicieron nada con ese planeta?

—Eso lo desconozco, hijo. No sé si trataron de hacer algo con ese planeta con anterioridad. Pero sí me dio la impresión de que La Cúpula habían tenido contacto antiguamente con sus habitantes. Por algo estaba ese documento que especificaba su existencia. Además, era muy sospechoso que el lugar donde encontré ese archivo fuese de máxima seguridad.

—Pero ¿cómo fue posible que hayas accedido a esos documentos?

—Porque, como te comenté, yo trabajé muchos años para La Cúpula. Había aprendido muchas estrategias y logré adquirir una variedad de herramientas que me permitían adquirir información como esa. Pero, por favor, no nos desviemos del tema.

—Tienes razón, padre. Disculpa por desviar la conversación. Es que todo lo que me cuentas me tiene asombrado. Pero, volviendo al tema, dinos, ¿qué decía el documento respecto a ese planeta?

—Decía que, en algún momento, ambas civilizaciones habían tenido contacto, reafirmando lo que yo suponía. Decía además el nombre de ese planeta, aunque no el dónde estaba ubicado.

—¿Y cómo se llamaba el planeta?

—Tierra.

—¿Tierra? —consultó Ile extrañada—. ¿Cómo es posible? Nuestro planeta se llama Tierra. ¿Cómo puede ser que dos planetas se llamen de la misma forma? Me parece demasiada coincidencia, ¿no les parece?

—Yo pensé exactamente lo mismo. Por eso necesitaba averiguar más, y sabía que no iba a encontrar respuestas en La Cúpula ni en ningún otro lugar. En ese momento supe que tenía que tomar una decisión que cambiaría mi vida para siempre. Y, lamentablemente, la vida de ustedes también.

—Sé qué decisión tuviste que tomar, padre. Decidiste viajar a ese planeta, ¿me equivoco?

—No, hijo, no te equivocas. Sabía que, si quería encontrar respuestas, tenía que averiguarlas en persona, y la única forma era viajando a ese lugar.

—Disculpe, Fer —volvió a interrumpir Ile—, pero ¿no se preguntó en ese momento qué peligros podía correr viajando a ese planeta? No conocía esa civilización, quizás podrían haber sido seres hostiles, ¿no se planteó ese tema?

—Hija, de verdad, en ese momento no lo pensé. Lo único que quería era buscar mi venganza, aunque, claro, ahora que lo mencionas, debería haberlo pensado mejor. Sin embargo, la decisión la tenía tomada.

—¿Y cómo hiciste para que no te descubrieran, padre? Imagino que no era tan fácil como llegar, tomar una nave y viajar, ¿no te parece?

—Conocía muchas tácticas de camuflaje. Recuerda que durante años hice todo tipo de trabajos para La Cúpula, así que aprendí mucho con ellos. —Fer meditó por un momento y esbozó una leve sonrisa de satisfacción—. ¡Qué irónica es la vida de vez en cuando! Todas las herramientas que me dieron desde La Cúpula terminé por utilizarlas en su contra.

—Pero, padre, aún no nos cuentas qué hiciste para conseguir la venganza que tanto ansiabas.

—Paciencia, hijo, estoy generando el ambiente y contando el contexto de lo que sucedió. Como les comenté, emprendí el viaje hacia ese planeta desconocido sin saber a lo que me enfrentaba.

—¿Y cómo logró llegar? ¿En alguna parte aparecían las coordenadas de aquel planeta?

—Al principio no sabía cómo ubicarlo. En los documentos que había encontrado no aparecía nada, así que tuve que seguir buscando entre otros documentos y los *hololibros* que había, investigar en todos los lugares posibles, hasta que por fin encontré un documento holográfico que hablaba de las coordenadas. No fue fácil tomar la decisión, pero al final resolví a viajar y encontrar las respuestas a mis preguntas, y culminar mi venganza.

—¿Y qué encontró cuando llegó a ese planeta?

—Extrañamente, no era muy diferente al nuestro. Estaba cubierto de agua y se observaba una atmósfera con un satélite que giraba alrededor. La diferencia que encontré fue que se notaba que era un planeta sucio, como si estuviera enfermo. Había mucha contaminación, poca vegetación, estaba lleno de ciudades amontonadas unas sobre otras. En realidad, el panorama no se veía muy bueno.

—Pero cuando llegaste, ¿no se dieron cuenta de que había una nave extraña? —interrumpió Isaac.

—En realidad, sí. Cuando llegué, de inmediato un grupo de naves fue a mi encuentro. De todas formas, yo ya esperaba ese recibimiento. Aun así, fue un tanto compleja la situación, ya que, obviamente, no esperaban un visitante de otro planeta. Con mucha cautela y precaución, tuve que obedecer las indicaciones que me dieron los pilotos de esas naves.

—¿Eso significa que pudiste verlos y conversar con ellos?

—Así es, hijo. Pero no fue fácil. En realidad, antes de poder hablar con ellos y de que supieran que iba en misión de paz, me detuvieron e intentaron asesinarme en más de una ocasión. Lo extraño fue que imaginaba que sería difícil comunicarme, pero su idioma era muy similar al que nosotros hablamos. Solo había pequeñas variantes idiomáticas y su acento era algo diferente, pero en general los podía entender por completo.

—¿Y cómo eran ellos?, ¿con quién tuvo que conversar, Fer? —preguntó muy intrigada Ile.

—Como les decía, pude entender casi a plenitud cuando hablaban entre ellos. Ahí me di cuenta de que discutían también la posibilidad de ejecutarme. Pero uno de ellos, no recuerdo su nombre en este momento, logró detener mi fatal destino. Ahora, respecto a su apariencia, otra cosa que me impresionó fue que eran iguales a nosotros. Tenía nuestro mismo aspecto fisiológico, lo que me llevó a plantearme varias preguntas respecto a sus orígenes y a los nuestros.

Ile e Isaac se miraron extrañados. No entendían lo que trataba de decirles Fer. Isaac preguntó lo que probablemente Ile también estaba pensando.

—¿Qué quieres decir con eso, padre?

—Quiero decir que, según lo que parecía, ellos y nosotros tuvimos el mismo origen.

Capítulo 14

—¿Tierra? —respondió extrañado el coronel Pride, quien no lograba entender la respuesta de Jor—. ¿Cómo es posible que vengan de un planeta llamado Tierra si nuestro planeta se llama de la misma forma?

Jor miró al coronel con una leve sonrisa sarcástica. Sabía que tenía información que ellos no manejaban y eso podría utilizarlo a su favor.

—Eso demuestra lo ignorantes que son. Solo conocen lo que tienen frente a sus ojos y narices, pero desconocen la verdad de las cosas.

El coronel Pride mostró preocupación frente a lo que estaba escuchando. Era posible que, efectivamente, Jor supiese algo que ellos desconocían. Eso era una desventaja evidente y no podía admitir que se sentía vulnerable.

—Explícame, ¿por qué nosotros somos ignorantes, según lo que acabas de mencionar? —dijo de la forma más parsimoniosa posible.

—Porque veo que no saben lo que ha ocurrido con ustedes. Desconocen sus orígenes.

—Instrúyeme, por favor —replicó Edmund Pride.

—Lo haré, pero si prometen dejarnos ir.

El coronel Pride miró a Jor con cierto recelo. Sabía que, aunque quisiera, no podía cumplir con su petición.

—¿Sabes que tengo el poder y la autoridad para acabar con ustedes en este preciso momento? —Hizo una breve pausa—. Lo único que puedo prometerles es que, si me dices todo lo que necesito saber, no les haré daño, ni a ti ni a tus compañeros.

Jor meditó un momento. Se dio cuenta de que, a pesar de que no era lo que había pedido ni lo que le hubiese gustado, parecía ser un buen trato.

—Me parece bien, pero prométame que ninguno de nosotros recibirá daño alguno.

—Está bien, lo prometo —respondió Pride.

—De acuerdo.

Jor dio un largo respiro antes de comenzar a relatar su historia. Más bien, estaba buscando las palabras correctas para expresarse. No es que le importara la reacción de su oyente frente a lo que iba a decir; en realidad, eso era lo de menos. Solo quería asegurarse de que se entendiera su mensaje.

—Lo que ustedes no saben es que su civilización y la nuestra compartimos un mismo origen.

—¿Un mismo origen?, ¿cómo es eso posible? ¿Acaso nosotros hemos colonizado otros planetas? —Parecía muy contrariado.

—Estás totalmente equivocado, coronel —dijo triunfante y excitado Jor—, somos nosotros los que logramos colonizar otros planetas. Uno en específico, el que ustedes habitan.

Un esbozo de incomodidad e intranquilidad invadió a Pride. Lo que acababa de decir Jor no lo esperaba, fue un golpe duro. Sin embargo, como era el coronel, tenía que aparentar tranquilidad frente a su prisionero, y eso hizo. Trató de convencerse de lo inverosímil que resultaban las palabras de Jor.

—A ver, si es como tú dices, cuéntame por qué colonizaron este planeta y cómo fue que lo consiguieron —repuso tratando de mantener la calma.

—Trata de sentarte y ponerte cómodo, ya que lo necesitarás —comentó en forma burlesca.

—Podré soportarlo, no te preocupes.

—Está bien, como quieras. La historia es la siguiente: Hace cientos de años, nuestra civilización llegó a su cúspide en tecnología y ciencia; sin embargo, no fuimos capaces de equilibrar los avances que estábamos consiguiendo con el cuidado de nuestro planeta. Hubo personas, los poderosos y grandes magnates de la Tierra, que pensaron que podían explotar y hacer uso del planeta sin consecuencias. Se equivocaron. El planeta empezó a colapsar climáticamente. Cada vez eran más frecuentes las inundaciones, los desastres naturales, las sequías. En resumen, los cambios extremos en temperatura se hicieron más comunes. Por otro lado, hubo una deforestación indiscriminada de los bosques, provocando que el aire se hiciera cada vez más tóxico, contaminado y difícil de respirar.

»Sumado a eso, una de las cosas que generó el colapso en la civilización fue una enfermedad a nivel mundial que provocó un confinamiento a escalas nunca vistas. La humanidad estuvo encerrada por varios años sin poder salir de sus hogares. Eso ocasionó un desastre en la economía, en la sociedad, en la gente. Las enfermedades mentales crecieron, la pobreza aumentó y los puestos de trabajo disminuyeron. Después de algunos años, esa enfermedad pudo controlarse logrando un período de paz y tranquilidad. Sin embargo, al parecer el fin de nuestra sociedad ya estaba escrito.

»Sabiendo lo que ocurriría tarde o temprano, un grupo de científicos se dieron a la tarea de trabajar en la búsqueda de un nuevo planeta que se pudiera habitar. Otro grupo de científicos se dedicó a descubrir las bases de lo que posteriormente llamarían el viaje lumínico y superlumínico, que permitiría realizar viajes por la galaxia en breves espacios de tiempo. Esto llevó varias décadas, hasta que por fin se consiguió. Construyeron una gran cantidad de naves con esa tecnología, realizando pruebas hacia distintas partes de la galaxia en un breve espacio de tiempo. Eso hizo posible que se pudiese mapear gran parte de la galaxia, descubriendo, además, carreteras completas en el espacio que permitían llevar de un extremo a otro de esta en muy poco tiempo.

—Cuando hablas de carreteras, te refieres a los agujeros negros, ¿cierto?

—Exacto. Aunque en un principio se tenía temor de aquellos agujeros, con el tiempo logramos descubrir que muchos eran pasadizos para llegar a diversos lugares y avanzar de forma más rápida dentro de la galaxia. El primer grupo de científicos y astrónomos, los que estaban en búsqueda de un planeta, lograron encontrar uno que tenía características muy similares a las del planeta de origen, el planeta Tierra. Así que, después de mucho planificar, se hicieron los preparativos para que un grupo de exploradores hiciera un viaje de reconocimiento.

—Imagino que ese planeta es este, ¿cierto? —consultó el coronel con evidente interés.

—Así es —respondió de manera escueta Jor.

—Y, suponiendo que sea cierto lo que estás diciendo, ¿hace cuánto tiempo ocurrió eso?

—Aproximadamente quinientos años atrás.

—Pero ¿cómo es eso posible? Nosotros tenemos evidencia de que nuestra civilización, la raza humana, tiene sus orígenes en este planeta hace miles de años.

—Eso es lo que se les ha hecho creer, pero la verdad es que este planeta solo ha estado habitado hace algunos centenares de años.

—¿Y podrías explicarme cómo fue eso posible? —El Coronel cada vez se sentía más incómodo con la conversación.

—Claro. Como te decía, un grupo de exploradores realizó un viaje de reconocimiento a este planeta para examinar la zona que podría ser habitable, la flora y fauna, y las condiciones climáticas. Cuando lograron darse cuenta de que este lugar era ideal para vivir, separaron un sector para dar el punto de inicio a la vida en este planeta. Luego, volvieron al nuestro para informar y dar indicaciones respecto a las condiciones del nuevo lugar.

»A continuación, fue necesario analizar el tema del transporte y la cantidad de personas que viajarían para comenzar con la colonización. Previo a este viaje de reconocimiento, se estuvo trabajando en la construcción de una súper nave que pudiese transportar una cantidad considerable de personas, alrededor de diez mil. El problema era que, al ser una nave tan grande, resultaba imposible instalar el sistema lumínico. Eso era todo un tema, ya que, sin la velocidad de la luz, el viaje demoraría unos treinta años. Luego, la nave debía realizar el viaje de vuelta, lo que llevaría otros treinta años. Por lo tanto, se calculó que habría noticias de la colonización en un período de sesenta años aproximadamente.

»Después, había que buscar la forma de lograr que todas esas personas pudieran realizar aquel viaje y estuviesen dispuestas a pasar treinta años viajando. Pero no cualquier persona podía viajar. El propósito era que un grupo especializado de personas fuese escogido por sus capacidades y talentos y, por supuesto, debían viajar en forma voluntaria.

—¿Cómo iba a ser posible que tantas personas pudiesen viajar por tanto tiempo?, ¿cómo se iban a alimentar?, ¿de qué iban a vivir todos esos años?

—Criogenia —respondió secamente Jor—. Todos los pasajeros que viajarían en esa nave lo harían en un perfecto estado de criogenia. De esa forma, no consumirían recursos ni espacio.

—¿Criogenia? ¿Es posible sobrevivir tantos años?

—Bueno, los resultados demostraron que sí lo fue.

—Entiendo. Entonces la nave se habilitó con cápsulas criogénicas, ¿cierto?

—Exacto.

—Ok, voy entendiendo su explicación. Sin embargo, aún hay algo que no entiendo. ¿Cómo pasó este planeta de ser colonizado a creerse originario de la vida?

—Le explico en seguida, coronel. Se hizo un llamado en aquel entonces para todos quienes desearan realizar ese viaje. Postularon millones de personas, pero evidentemente, no era posible aceptarlas a todas. Por lo tanto, unos especialistas en la materia se encargaron de realizar una selección, donde fue escogido un grupo selecto que haría ese viaje colonizador.

»Además, había un grupo a cargo de la logística y que, por supuesto, también realizaría el viaje. Ellos tenían como misión preparar la Tierra para que, posteriormente, pudieran seguir enviando más personas al nuevo planeta que se estaba colonizando. Este grupo de personas a cargo del viaje tomó una decisión que afectó a los diez mil migrantes. En las cápsulas criogénicas instalaron un sistema que borró la memoria de todos los pasajeros y les programaron una nueva, haciéndoles creer que este era el planeta de origen, olvidando por completo sus verdaderas raíces. Cuando la nave aterrizó, los pasajeros despertaron con los recuerdos programados que este pequeño grupo de personas había implantado en sus memorias. Solo ese grupo reducido de líderes sabía la verdad, pero decidieron ocultarla para que nadie más supiera lo que en realidad había ocurrido.

—Un momento, hay algo que no entiendo. ¿Cómo se enteraron ustedes de esto que me estás contando? —El coronel necesitaba aclarar cada vez más dudas.

—En realidad, durante cientos de años no supimos lo que había sucedido, hasta que hace un par de décadas llegó del espacio un visitante que venía de este lugar y nos contó.

Pride meditó un momento.

—¡Fer!

—Así es. Él llegó a nuestro planeta y nos contó lo sucedido. Al parecer, tenía información clasificada. De esa forma, pudimos atar los cabos sueltos que no entendíamos.

—Todavía queda algo que no entiendo. —Hizo una pausa—. Si se dieron cuenta de que la nave había desaparecido y no volvió en esos sesenta años que habían calculado, ¿por qué no hicieron algo al respecto?

—Lamentablemente, antes de realizar el viaje, ese grupo de personas robó los mapas y planos tanto de la ubicación del planeta como de la construcción de la super nave y del viaje lumínico. Se encargaron de hacer desaparecer todo rastro de esa información. Ocasionaron la destrucción de todas las naves que tenían esa tecnología. Eso provocó que todos los avances astronómicos y científicos que habíamos conseguido se retrasaran de manera considerable. Nos llevó más de doscientos años volver a desarrollar la tecnología necesaria para realizar un viaje a la velocidad de la luz.

El coronel Pride escuchaba atento el relato mientras intentaba ocultar su asombro. No podía creer que toda su vida había sido una mentira y que todo el mundo vivía engañado. Pero no podía expresar ese sentimiento frente a Jor, ya que sería una muestra de debilidad. Además, ¿qué probabilidades había de que la historia que le habían contado fuera cierta?, ¿y si solo eran mentiras para engañarlo? No podía ser tan ingenuo y creer de inmediato, debía investigar para averiguar la verdad. Por un momento, pensó en ir directamente al Consejo de La Cúpula y averiguar en persona si lo que había escuchado era cierto, pero razonó que, si ellos sabían la verdad, entonces difícilmente iban a contársela, considerando que la habían mantenido oculta todo este tiempo.

Sin embargo, no podía quedarse tranquilo sin hacer algo; con alguien tenía que conversar. Pensó un momento mientras Jor seguía sentado mirándolo, esperando alguna reacción de su parte. Entonces, se le ocurrió que podía hablar con el profesor Alfred. Tal vez él sabía algo, o podía darle alguna idea para saber qué hacer.

Mandó a llamar al guardia que custodiaba la puerta de la sala de interrogatorios para que se llevara a Jor a la celda con sus compañeros. Este no entendía el cambio en la reacción del coronel, pero se sintió aliviado al saber que, por el momento, su vida no corría peligro.

—Una última pregunta, Jor.

—Claro, dígame

—La flora y fauna de este planeta ¿es la misma que la que hay en el suyo?

—Algunas plantas son de nuestro planeta. Cuando se hizo el viaje, trajeron miles de semillas de distintas plantas y árboles pensando que algunas podrían germinar. Me imagino que algunas deben haberlo hecho. Respecto a los animales, la idea era que en un segundo viaje se transportara la mayor cantidad posible, pero, como se habrás dado cuenta, eso jamás sucedió.

—Entiendo —respondió resignado Edmund Pride.

—¿Necesita que le conteste alguna otra pregunta?

—No, Jor. Con lo que me has contado tengo más que suficiente.

Jor fue custodiado por el guardia para volver a su celda, mientras que el coronel Pride salió raudo de aquel cuarto para ir a buscar al profesor. Tenía que averiguar si estaba enterado de algo o si sabía qué podía hacer para averiguar la verdad. Caminó durante un momento, aunque ya no lo hacía con la seguridad que lo acostumbraba. Se encontraba desorientado y perdido en sus pensamientos. Sentía hasta náuseas por todo lo que había pasado, pero debía mantener la compostura. Trató de calmarse y ordenar sus pensamientos. Recordó dónde había visto por última vez al profesor, así que se dirigió hacia allá.

Después de caminar un momento, por fin logró dar con el profesor. Estaba en la sala de controles, donde aún estaban vigilando el Sector V-456, monitoreando que no aparecieran más naves invasoras. Aunque algo se había calmado, el coronel seguía agitado y se le notaba en su rostro.

—Coronel, ¿se encuentra usted bien? Está pálido —dijo el profesor con preocupación.

—Profesor, necesito hablar con usted en forma urgente —respondió ignorando la pregunta del profesor.

—Claro, dígame, ¿en qué lo puedo ayudar?

—Aquí no. —Observó a su alrededor y vio a los trabajadores—. Acompáñeme, por favor.

Llevó con rapidez al profesor a una oficina cercana para conversar a solas. Una vez allí, le contó todo lo que Jor le había dicho, esperando a que el profesor supiera algo. Sin embargo, pudo darse cuenta por la expresión de asombro del profesor que él también estaba enterándose de algo nuevo.

—¿Qué podemos hacer, profesor?, necesitamos averiguar la verdad. ¿Tiene alguna idea?

Alfred Pell pausó un momento, necesitaba reponerse también. Buscó un asiento para calmarse. Respiró profundo y meditó.

—Un momento, coronel. Por lo que contó ese tal Jor, ellos fueron capaces de conocer la ubicación de este planeta por la visita de Fer, ¿no es así?

—Sí. Él viajó a ese planeta y les dio nuestra ubicación.

—Entonces, puede ser que Fer sepa más sobre lo que en realidad ocurrió. Tal vez deberíamos ir a hablar con él, ¿no le parece?

—Estoy de acuerdo. Hablaremos con él.

Capítulo 15

—Cuando hablas de que ambos tuvimos el mismo origen, te refieres a que podríamos habernos originado todos en este planeta y luego un grupo de humanos emigraron hacia ese lugar, ¿cierto? —preguntó Isaac no muy convencido de su planteamiento.

—Existía esa posibilidad. Aunque también era posible que el origen de la humanidad haya sido ese planeta y con el tiempo hubiesen emigrado a este lugar —respondió Fer tratando de aclarar las dudas que tenían los jóvenes científicos.

—Pero eso es imposible —interrumpió Ile—, nosotros tenemos una historia de miles de años, conocemos nuestros orígenes y el nacimiento de la especie humana, y ese origen corresponde a este planeta.

—Eso es lo que nos han hecho creer todo este tiempo —dijo con calma Fer—. Pero existe la posibilidad de que eso solo haya sido una proyección injertada en nuestra mente, en nuestros recuerdos, en nuestra historia. Es posible que la historia que conocemos solo sea una fachada de la realidad.

—¿Y pudiste corroborarlo, padre?, ¿lograste saber cuál es la civilización madre?, ¿dónde se originó la humanidad?

—Cuando por fin abandonaron su deseo de asesinarme, logré conversar en paz con ellos y explicarles por qué estaba en ese lugar. Después de unos días en custodia y constantes interrogatorios, logré ganarme su confianza. De esa forma, les conté de qué lugar provenía y ellos me contaron su historia.

—¿Y cuál es su historia?

Justo en el instante en que Fer iba a comenzar a contar su relato mientras Ro esperaba y escuchaba con atención, se acercaron rápidamente el coronel Pride y el profesor Alfred Pell buscando las mismas respuestas. El coronel estaba a punto de ingresar a la prisión para hablar con Fer cuando Ro lo detuvo.

—Un momento, coronel. No interrumpa la conversación entre Isaac y su padre. En este momento está hablando todo lo que necesitamos. Les está contando lo que sucedió entre él y esos seres. Dejemos que sigan charlando y veamos qué podemos averiguar.

—De acuerdo, Ro —respondió sin mucho convencimiento, cuestionándose si ella sabía algo. Prefirió esperar y escuchar la conversación.

—Era una civilización que alcanzó su máximo apogeo hace cientos de años —comenzó Fer—. Se sentían orgullosos de haber logrado grandes avances en ciencias como medicina y astronomía. Sin embargo, cometieron un tremendo error. Se reprodujeron muy rápido, en forma indiscriminada y sin contención de la natalidad. Había una mortalidad normal, pero era considerablemente menor a las personas que nacían. Eso empezó a provocar ciertos problemas de alimentación y de sobrepoblación, sobre todo en las grandes ciudades.

—¿Grandes ciudades? —inquirió Isaac—, ¿significa que ese planeta es muy grande?

—Es similar en tamaño al nuestro, pero está completamente habitado. Había ciudades atiborradas de personas. Eso empezó a generar pobreza, escasez de alimentos y falta de agua, entre otros graves problemas básicos para la vida.

—Claro, si no existía un control de natalidad adecuado, era esperable que ocurriera algo así. —A Ile le parecía extraño que no existiese esa medida en aquel planeta, considerando que el estricto control de natalidad era una norma que se llevaba aplicando durante cientos de años en su Tierra. O eso era lo que ella creía, ya que ahora tenía muchas dudas sobre tantas cosas.

—Pero eso no fue todo. A pesar de que habían logrado grandes avances en medicina, no fueron capaces de hacerle frente a una enfermedad devastadora que abarcó el mundo entero y cobró la vida de millones de personas. Eso provocó un colapso en la sociedad, ya que, aunque en un comienzo aparentemente habían logrado recuperarse, ese acontecimiento fue el inicio de la debacle de su civilización.

—¿En qué sentido su civilización colapsó? —preguntó intrigado Isaac mientras Ile observaba y escuchaba con atención la historia que Fer estaba contando.

—Cuando pensaron que habían sido capaces de superar esa enfermedad, todas las industrias y grandes empresas comenzaron a funcionar a toda máquina, sin ningún tipo de control ni cuidado por el medio ambiente. Eso llevó a que se provocara un efecto de sobrecalentamiento en su planeta, lo que ocasionó la extinción de algunas especies de animales y la destrucción de la mayor parte de la flora; la vegetación, los árboles, las plantas, y la vida natural en general. Eso trajo como consecuencia mayor contaminación, el aumento considerable de las enfermedades y la caída de las grandes empresas, entre otras cosas.

»Su planeta se divide en países, en distintas regiones o trozos de tierra divididos por fronteras naturales, cada uno con diferentes tipos de gobiernos soberanos. Cuando esto ocurrió, las naciones se volvieron unas contra otras provocando guerras y conflictos bélicos, empeorando aún más las condiciones. Todo indicaba que no había vuelta atrás. Si no se hacía algo pronto, más temprano que tarde se convertiría en un lugar inhóspito para vivir o las personas terminarían matándose entre sí. Así que algo tenían que hacer…

»Previendo lo que estaba por suceder y adelantándose a eso, un grupo de científicos comenzó a buscar en el espacio un planeta que tuviera condiciones similares al suyo. En paralelo, lograron descubrir el viaje lumínico, lo que les permitió viajar a través de la galaxia en un tiempo considerablemente corto.

—¿Significa que no fuimos nosotros quienes descubrimos el viaje a la velocidad de la luz? ¿Fueron ellos? —inquirió extrañada Ile.

—Por lo visto, efectivamente fueron ellos quienes lo descubrieron.

—¿Y cómo entonces nosotros tenemos los planos de esta tecnología? —interrumpió Isaac.

—Te explico en seguida, hijo. Resulta que buscaron incansablemente un planeta con las condiciones adecuadas para vivir tanto desde su propio planeta, mediante grandes observatorios, como también viajando por distintos lugares en la galaxia… Hasta que por fin lograron encontrar uno.

—Supongo que se refiere a este, ¿cierto?

—Así es. Hicieron los análisis correspondientes hasta que llegaron a la conclusión de que era un planeta apto para habitar. Así que empezaron a planificar una incursión.

»Después de planificar el viaje que harían para colonizar el planeta, reunieron un grupo de personas para realizarlo. Sin embargo, quienes estaban a cargo decidieron robar los planos del viaje lumínico y de la ubicación de este planeta, desapareciendo su rastro. Además, sin la tecnología del viaje lumínico les costaría muchísimo volver a realizar esos viajes. Esos planos los trajeron a este planeta. Por eso, nosotros tenemos esa tecnología, pero ellos la perdieron en ese tiempo.

—¿Lo que intenta decir entonces es que el origen de la humanidad ocurrió en ese planeta, y que nosotros somos una colonia? —preguntó decepcionada Ile.

—Así parece, querida. Todo indica que nuestro planeta es una colonización de ellos. Y la forma en que lo hicieron no fue la mejor, ya que, según entendí, después de que se envió la primera flota de naves no volvieron a saber más de ellos.

—¿Por esa razón se tardaron tanto en encontrar este planeta? —volvió a preguntar Ile mientras Isaac solo se dedicaba a observar, pensando en la magnitud de las declaraciones que su padre estaba haciendo.

—Exacto. Al no tener los planos del viaje lumínico, no podían desplazarse a la velocidad que necesitaban para conseguir su propósito. Mientras que, al no contar con la ubicación del planeta, no sabían dónde buscar.

—¿Y qué hicieron para encontrarnos?, ¿tú tuviste que ver en ese tema? —consultó Isaac mientras trataba de reponerse de la noticia que su padre les estaba señalando.

—En realidad, sí. Como les había dicho, la mejor forma de planear mi venganza era darles las coordenadas de nuestro planeta para que pudiesen venir a cobrar lo que les pertenecía.

—¡Pero padre! Este planeta es nuestro. Nosotros vivimos aquí. ¿No pensaste en lo que podría pasar si intentan recuperarlo?

—Claro que lo pensé. Pensé en todas las consecuencias que ocasionaría. Pero, por otro lado, no podía permitir que La Cúpula se saliera con la suya. ¿No ves que ellos sabían esto? Conocían la existencia de ese planeta y decidieron permanecer callados. El hecho de que hayan guardado los documentos y archivado la ubicación los vuelve cómplices de la maldad que cometieron hace tantos años.

—Pero padre —Isaac trataba de hacer razonar a Fer, aunque a esas alturas ya todo estaba hecho—, ellos tuvieron su oportunidad. Tenían su propio planeta y lo arruinaron. ¿Qué garantiza que no harían lo mismo con este? Observa a tu alrededor, fíjate en la limpieza, la organización y la pureza. Todo eso no ha sido por arte de magia, sino por la perfecta distribución de los recursos que se ha realizado.

—Hijo, no puedo entender que apoyes a La Cúpula. Recuerda que fueron ellos quienes asesinaron a tu madre y nos han mantenido engañados viviendo una mentira, haciéndonos creer que somos el único planeta habitado en el universo.

Isaac reflexionó un momento. Su padre tenía razón, no lo podía negar. Aunque le molestaba haber sido engañado toda su vida, más le dolía lo que habían hecho a su madre. Sin embargo, tampoco quería que a su planeta, su hogar, le hicieran lo mismo que al otro. Tenía un dilema ante sí, no sabía qué hacer en ese momento. Trató de sopesar las distintas alternativas y situaciones. Después meditar un momento, supo lo que debía hacer.

—Padre, necesito saber por qué los primeros colonizadores robaron los planos y desaparecieron este planeta para no ser encontrado.

Ile miró sorprendida a su amigo. Sabía lo que se proponía y ella lo apoyaría, pero no podía evitar sentir el temor de dimensionar las magnitudes de lo que Isaac estaba dispuesto a hacer.

—Hijo, ¿qué pretendes? —preguntó Fer con algo de temor.

—Voy a ir donde los líderes de La Cúpula. Ellos saben lo que pasó en aquel entonces y tienen que darme una respuesta.

—¿Y crees que te permitirán conversar? Tú mejor que nadie sabe lo difícil, por no decir imposible, que es tener acceso a ellos.

—Isaac —interrumpió Ile, quien hasta ese momento se había limitado a escuchar la conversación—, sabes que te apoyo en todo lo que decidas hacer. Pero esto es imposible. No te dejarán conversar con ellos, no podremos conseguirlo. No tenemos forma de hablar con los líderes de La Cúpula.

Ile no había terminado de hablar cuando entró a la celda el profesor Alfred Pell con decisión, seguido del coronel Pride y, detrás de ellos, Ro. Los tres lo observaron atentos, sin darse cuenta de que había estado escuchando la conversación. El coronel Pride no entendía por qué el profesor había entrado tan presuroso, pero se imaginaba que algo tenía en mente. Ro sentía desconfianza de lo que podría ocurrir.

—Jóvenes —comenzó diciendo Alfred—, es verdad lo que dice la señorita Ile. Lograr acceder a los líderes de La Cúpula es prácticamente imposible.

—¿Lo ves? —dijo Ile mirando a Isaac.

—Sin embargo —prosiguió Alfred—, cuando digo "prácticamente", no digo que sea necesariamente imposible. Existe una oportunidad de ingresar y hablar con ellos.

—¡No! —interrumpió tajante Ro—. No pueden ingresar ni hablar con los líderes de La Cúpula.

—¿Por qué no podemos? —preguntó el coronel Pride con evidente desconfianza y molestia.

—Porque no lo permitiré. Usted le debe lealtad a La Cúpula, no a las palabras que dijo este hombre —dijo señalando a Fer—; no pueden creer lo que está diciendo esta persona. Es un delincuente, un traidor. Traicionó a nuestro pueblo para ir a buscar su venganza.

—¿Eso significa que sabías todo?, ¿conocías la verdad? —preguntó sorprendido el coronel Pride. Ro guardó silencio; se negó a responder aquella pregunta delatando sus verdaderas intenciones—. Su silencio confirma la verdad —continuó con parsimonia—. El hecho de que calle su respuesta nos indica que las palabras que pronunció Fer son ciertas.

Ro siguió silencio. Se sentía atrapada entre las preguntas que le estaban haciendo y no deseaba decir algo que pudiese revelar aún más la verdad.

—Profesor Alfred —interrumpió Ile observando con recelo a Ro—, usted dijo que había una forma de acceder a los líderes de La Cúpula. Por favor, ¿nos puede decir cuál es?

—Claro, jovencita. Pueden ingresar con nuestra ayuda.

—¡Eso no lo permitiré! —exclamó Ro desenfundando el arma que mantenía en su cinturón. Presionó en el panel de una esquina un botón, y el vidrio que separaba a Fer de los demás se levantó. Apuntó directo a su cabeza ante la sorpresa de los presentes—. Si intentan hacer algo, este hombre se muere.

En un acto casi reflejo, justo en el instante que Ro observaba a los demás, Fer hizo un movimiento rápido para sacarse de encima el arma. Ante la sorpresa de la mujer, los papeles se intercambiaron. Ahora era él quien apuntaba a Ro.

—Señorita —comenzó diciendo con algo de agitación—, no olvide que pasé años realizando misiones de espionaje para La Cúpula, y conozco muchísimos métodos de defensa y ataque. Así que no me impresionan sus trucos ni amenazas.

El coronel observaba atento a Fer, al igual que el profesor. El prisionero ahora se encontraba en una evidente situación de ventaja, y se preguntaban si sería capaz de hacer algo para salir de ese lugar. Por su parte, Ro estaba aterrada de que Fer le estuviese apuntando con su propia arma.

Sin embargo, Fer bajó el arma. No tenía intenciones de atacar ni causar más daño del que ya se había hecho. Entregó el arma a su hijo ante la sorpresa de todos.

—Hijo, confío en tu criterio. Haz lo que te parezca más apropiado.

Isaac se vio confundido con un arma en su poder. Jamás en su vida había tomado una y tampoco deseaba usarla. Se la entregó de inmediato al coronel Pride, quien se tranquilizó al ver que el prisionero estaba indefenso.

—¡Gracias al cielo, Pride! —dijo tranquilizándose Ro—, entrégueme el arma, por favor.

El coronel observó a Ro y enseguida a Fer. Trató de entender qué estaba ocurriendo. Por una parte, le debía lealtad a La Cúpula por todos los años de servicio que había prestado; por otro, se sentía engañado por la misma Cúpula, que le había negado información importante. Era un golpe a su propio orgullo.

—Entrégueme el arma —repitió Ro, esta vez con tono imperativo.

—Profesor Pell —dijo el coronel, ignorando las órdenes de Ro—, díganos, por favor, ¿cómo podremos hablar con los líderes de La Cúpula?

El profesor se sorprendió un instante de que el coronel hiciera caso omiso a las órdenes de Ro. Después de todo, era ella quien tenía el rango de mayor poder en ese lugar y en toda la instalación.

—Coronel, en efecto, hay una forma de entrar y acceder a los líderes de La Cúpula, pero para eso necesitaremos la ayuda de la señorita Ro.

—Me niego a ayudarlos. Mi lealtad siempre estará con La Cúpula —respondió desafiante—, y será mejor que dejen lo que están pensando, si no quieren atenerse a las consecuencias.

El coronel Pride tenía una serie de dudas respecto a lo que estaba pasando, pero con las palabras de Ro sentía que cada vez se iba aclarando lo que debía hacer. Por fin, en un acto de inercia, se acercó rápido a Ro, la sujetó firme, sacó la misma arma que le pertenecía a ella y le apuntó.

—Tal vez Fer no desee disparar a nadie hoy, e Isaac tampoco, pero le aseguro que yo no dudaré un minuto si no nos ayuda —dijo el coronel Pride ante el asombro de todos—, así que usted decide.

Ro no sabía qué decir. De nuevo estaba ante la presión de su propia arma, pero esta vez el asunto era más serio; el coronel se caracterizaba por ser un hombre decidido. Lo que se proponía, lo hacía.

—Coronel —dijo con voz trémula Ro— por favor, no haga nada que después vaya a lamentar.

—Lo único que lamento en este momento es haber estado engañado todos estos años, señorita. Así que, o nos ayuda o puede despedirse de su mundo.

—¡Está bien! —respondió resignada y con mucho temor—, los ayudaré, pero deje de apuntarme.

El coronel la soltó y volvió a guardar el arma en su bolsillo.

—Aunque los ayude, no es mucho lo que podrán hacer. ¿Qué pretenden? ¿Entrar y dispararles a los líderes por ocultarles la verdad?

—No —interrumpió Isaac—. Vamos a descubrir la verdad y a solucionar todo esto.

—¿Y qué van a solucionar? —respondió desesperada—. No hay nada que solucionar. Observen a su alrededor, vivimos en paz, en tranquilidad, en un planeta limpio, sano y puro. ¿Quieren dejar todo eso de lado? ¿Quieren que este lugar se convierta en lo mismo que ese planeta de origen?

—Primero, queremos saber por qué lo hicieron. Ya después determinaremos qué hacer. Pero lo cierto es que este planeta no nos pertenece solo a nosotros. Algo se debe hacer —dijo Isaac.

—¡Claro! —respondió Ro con tono burlón—, y luego dejarán que ellos vengan y arruinen nuestro planeta. ¡Felicidades!

—Eso ya lo veremos —dijo el coronel—. Por lo pronto, en este momento nos llevarás a ver a los líderes de La Cúpula y solucionaremos esto.

Capítulo 16

—Isaac —dijo el profesor Pell—, para no levantar sospechas tendremos que dejar a tu padre en este lugar. No podrá acompañarnos.

—No —reclamó Isaac—, mi padre también irá con nosotros. Él fue quien descubrió todo esto, merece saber la verdad tanto como nosotros.

—Hijo, el profesor tiene razón. Sería muy peligroso que me vieran con ustedes. Podría levantar sospechas entre los demás guardias. Vayan y descubran la verdad.

Isaac observó a su padre resignado. Sabía que tenían razón, pero, aun así, no deseaba dejarlo. Sin embargo, sabía lo que tenía que hacer y el tiempo apresuraba. Decidió despedirse de él para seguir con la misión. El coronel presionó el botón y el vidrio de separación volvió a aparecer. Iban camino hacia la puerta de seguridad que daba al pasillo de las oficinas de La Cúpula cuando Isaac se detuvo. Dio media vuelta.

—Padre, tengo una duda.

—Claro, dime, hijo —respondió levantándose otra vez de su asiento y acercándose al vidrio de seguridad.

—¿En qué momento te atraparon los miembros de La Cúpula?

—Fue cuando venía de regreso al planeta.

—Entonces, ¿cómo fue posible que estuviese esa caja con esa piedra en tu oficina?

Fer sonrió.

—Hijo, la respuesta a esa pregunta requiere tiempo, me parece que en este momento hay otras cosas más importantes de las que deben preocuparse. Ya será momento de conversar de eso y de otros temas más.

Se despidieron y todos salieron de la prisión.

Las distintas oficinas se encontraban relativamente cerca unas de otras, y la de los líderes estaba en el centro. Precisamente, la forma daba nombre al conjunto de edificios: La Cúpula. Con forma de domo gigante y color rojo escarlata, la oficina de líderes era una instalación amurallada, parecida a una fortaleza inexpugnable, y llena de guardias por todas partes. Si alguien deseaba moverse de una oficina a otra, bastaba que caminara un par de pasos para acceder.

Avanzaron con rapidez en dirección a la oficina central donde estaban los líderes. La única que iba obligada era Ro, los demás avanzaban con decisión. Cuando llegaron a la entrada, unos guardias los detuvieron.

—Señores, no puedo dejarlos pasar.

—Es un asunto urgente —dijo Ro, presionada por el cañón del arma que el coronel escondía en su costado.

—Aun así, no puedo permitir que ingrese, señora —insistió el guardia.

—¡¿Acaso no sabe quién soy?! —dijo Ro con desesperación—. ¡Le estoy ordenando que nos deje pasar!

Nervioso, el guardia no sabía qué hacer. Por una parte, tenía órdenes estrictas de no dejar pasar a nadie que no tuviera una cita con los líderes de La Cúpula; por otro lado, sabía quién era la mujer frente a él y que no se andaba con rodeos. A pesar de que era la única persona que podía entrar en cualquier momento a conversar con los líderes, no confiaba en los demás personajes de aquel grupo.

—¿Y sus acompañantes, señora?, ¿quiénes son?

—Vienen conmigo. Doy fe de ellos.

Ante la constante presión de Ro, el guardia no tuvo más remedio que dejarlos pasar, pero manteniendo un aire de desconfianza frente a la situación.

El grupo seguía avanzando por un pasillo interminable. Lo hacía más largo aún el hecho de que iban en total silencio; la mayoría debido a la ansiedad y urgencia de la situación, aunque Ro no decía una palabra por el nerviosismo ante las posibles consecuencias que podían acarrear sus actos.

Por fin, luego de avanzar un buen tramo, llegaron hasta un lugar desconocido para todos excepto Ro. Había una hermosísima habitación con bellos cuadros en las paredes, jarrones finísimos decorados con magníficas flores y, en el centro, siete sillones rojos ubicados en forma circular. En ellos había siete personas, todas mayores, tres hombres y cuatro mujeres; eran los líderes de La Cúpula. Al darse cuenta de la presencia de estos extraños, se levantaron de sus asientos para saludarlos con amabilidad y una sonrisa cordial.

—Tengan un buen día —dijo uno ante la mirada de sorpresa de los visitantes—, ¿hay algo en que podamos ayudarlos?

Tanto Ile como Isaac se encontraban sorprendidos y confusos. Esperaban algo más de resistencia, oposición, incluso, algo de lucha.

—Señorita Ro —señaló una de las líderes—, veo que nos viene a visitar. Y trajo compañía. ¿Nos puede decir cuál es el motivo de su presencia y la de sus acompañantes?

Isaac observó un momento al profesor y al coronel para decidir quién tomaría la iniciativa; sin embargo, Pell le hizo una seña con un movimiento de las manos indicándole que hablara. Después de todo, él había sido quien tuvo la idea de conversar con los líderes. Isaac miró a Ile, quien le devolvió una mirada de aprobación. Isaac dio un paso adelante.

—Señores, señoras, quizás ustedes no me conocen. Mi nombre es Isaac...

—Claro que te conocemos, joven André Azoré Vendré —dijo la misma líder—. Sabemos perfectamente quién eres. Prefieres que te digan Isaac, ¿no es verdad?

Isaac hizo un gesto afirmativo, aunque sin atreverse a continuar.

—También sabemos a qué te dedicas, y todos los logros tanto tuyos como de tu compañera, Ile, que han conseguido trabajando para La Cúpula. Estamos muy agradecidos y orgullosos de lo que han logrado.

Isaac intentó mantener la compostura evitando sentirse nervioso o asombrado, y tomó aire decidido.

—Por lo visto, conocen todos los movimientos que hacemos. Entonces, deben saber por qué estamos aquí, ¿cierto?

—Así es —dijo otro de los líderes quien, a simple vista, parecía ser el más anciano. Se notaba la vejez en su rostro y en su calva cabellera—. Sabemos lo que han estado investigando este día y el motivo por el que se encuentran en este lugar.

—Entonces —prosiguió Isaac, sintiéndose cada vez más confiado y seguro de sus palabras—, necesitamos que nos den respuestas.

—Por supuesto —continuó el mismo líder—, ¿qué necesitan saber?

—Antes que todo, quisiéramos saber la verdad sobre este planeta. ¿Es el planeta de origen de nuestra especie o fue colonizado para vivir en él?

—Creo que ya sabes la respuesta a esa pregunta. Desde el momento en que oíste por primera vez la historia que contó tu padre, supiste que era cierto, ¿no es verdad?

—La verdad es que sí, pero necesitaba que me lo confirmaran. Entonces es cierto. Nosotros fuimos colonizados.

—Así es. Hace unos quinientos años llegaron los colonizadores para habitar este planeta. Eran unas diez mil personas y, desde ese momento, empezaron a reproducirse de forma controlada para que hubiera equilibrio entre el lugar y sus habitantes.

—Sí, eso fue lo que nos dijo mi padre que le contaron esas personas. Pero ¿por qué los primeros colonizadores no quisieron volver al planeta original? ¿por qué robaron los planos del viaje lumínico y el mapa de la ubicación de este planeta?

—Simple, joven Isaac. Cuando esas personas que ahora nos invaden explicaron cómo llegaron a este planeta, ¿mencionaron las condiciones en las que vivían en el suyo?

Isaac asintió.

—Entonces, comprenderás que nuestros colonizadores no querían lo mismo para este lugar. Pensaban que, si trasladaban a todos aquí, terminarían haciendo lo mismo, y eso no lo podían permitir. Esa fue la razón por la que, después de mucho pensar, tomaron esa decisión. No estaban dispuestos a arruinar un segundo planeta. Esta vez tenía que ser distinto, mejor, más ordenado y organizado. Y eso es lo que ha permitido que durante quinientos años haya paz y armonía. Eso tú mismo lo puedes observar. Fíjate en los cielos limpios, vivimos prácticamente libres de enfermedades, no existe sobrepoblación en la ciudad y las personas han vivido en tranquilidad. ¿Te parece que eso es algo que debamos sacrificar?

Isaac sabía en el fondo que lo que decía aquel líder era cierto. Sin embargo, no podía dejar de pensar en todo el tiempo que habían vivido engañados. Toda la vida y toda la historia que los rodeaba había sido una mentira. ¿Cómo superar eso? Isaac estaba confundido al igual que todos los presentes; a excepción de Ro, quien sabía a la perfección lo que debía hacer: ser leal a las decisiones de La Cúpula, fueran cuales fueran.

—Pero ahora que se supo la verdad, ¿qué piensan hacer? —interrumpió Ile, algo nerviosa.

—Qué bueno que lo menciona, joven Ile —señaló otro de los líderes levantándose de su asiento—. Por supuesto, no podemos dejar que esta información salga a la luz, y estamos dispuestos a llegar hasta las últimas consecuencias de ser necesario.

En ese momento, un grupo de guardias entró en la oficina para rodearlos. Ro se había distanciado, entendiendo que no formaba parte de los visitantes. El coronel Pride y el profesor Alfred Pell se miraron un momento, sorprendidos por la decisión que estaban tomando los líderes de La Cúpula, aunque sabiendo lo que se disponían a hacer.

—Lamentamos mucho todo esto, Isaac e Ile —respondió el líder a cargo—, ustedes han sido muy buenos elementos para la Gran Ciudad y para La Cúpula. Han aportado mucho en todas las investigaciones que se han llevado a cabo. Es una lástima tener que hacer esto. —Se dirigió hacia el profesor y el coronel—. Ustedes escogieron su bando, ahora deberán asumir las consecuencias de su elección. —Los guardias apuntaron con sus armas a los cuatro—. Esperamos que comprendan que no era nuestra intención llegar a esto. Solamente debían haber impedido que esos seres llegasen a este lugar, sin enterarse de lo que sucedió.

Al gesto de aquel líder, un guardia se acercó a su lugar y le pasó un arma. Acto seguido, apuntó y disparó.

Capítulo 17

Los cuatro cerraron sus ojos esperando no haber recibido la bala. Uno a uno, fueron abriéndolos y rápidamente observaron lo que acababa de ocurrir. Ro se había desplomado en el acto luego de recibir el disparo en la cabeza.

—No podemos permitir la traición, fue muy estúpida al permitir traerlos a este lugar. Frente a eso, esa mujer ya no nos servía. Tal como en este momento ustedes tampoco nos siguen siendo de utilidad. Créanme que lo lamentamos muchísimo. —Apuntó directo a Isaac. En ese instante, se escuchó un disparo, pero no del arma del líder. Todos se voltearon y vieron cómo un guardia caía de golpe tras recibir el impacto en el cuerpo. Mientras buscaban de dónde provenía, comenzaron a distinguir una silueta que se acercaba por la entrada de la oficina. Poco a poco se fue aclarando, dando paso a una figura familiar; era Fer. Tanto el profesor Pell como el coronel Pride observaron atónitos, mientras que Ile intentaba entender lo que estaba pasando. Incluso Isaac estaba asombrado de lo que veían sus ojos. Antes de que Fer hiciera algo más, el resto de los guardias le apuntó ordenando que se echara al suelo boca abajo. Fer soltó su arma, levantó las manos, pero no hizo caso y se mantuvo de pie.

—¡Mátenlo de inmediato! —gritó una de las líderes. Antes de que pudiesen cumplir la orden, cada uno de los guardias empezó a caer al suelo derribado por disparos. La mirada atónita de los líderes indicaba que no estaban preparados ni tampoco esperaban lo que sucedió.

—¿Qué está ocurriendo? —decía el líder supremo mirando a sus compañeros, quienes le devolvían la mirada con el mismo rostro de sorpresa.

Luego de que los guardias cayeron y los líderes quedaron indefensos, por la entrada apareció Jor, quien se acercaba en compañía de los tripulantes que momentos antes habían sido capturados. A los presentes les costaba mucho entender lo que pasaba. ¿Qué hacían Fer, Jor y los demás en ese lugar? Se suponía que estaban detenidos en celdas firmemente custodiadas. Y qué decir de los líderes, quienes en un principio expresaban tanta seguridad, mientras que ahora se sentían del todo indefensos, como un grupo de ancianos sin fuerza ni poder. Uno de ellos trató de mantener la calma y aparentar tranquilidad.

—Bien, parece que ahora son ustedes los que están a cargo. ¿Qué piensan hacer? ¿Les van a dar el planeta a esos seres extraterrestres? ¿Van a dejar que lo destruyan como el suyo? ¡Háganlo! Y les prometo que en muy poco tiempo este planeta será un completo caos.

—Ustedes ya no decidirán lo que haremos —respondió Fer, quien se había acercado hacia donde estaba su hijo y el resto—. Ustedes son los que traicionaron la confianza, la verdad y los valores de este planeta al mantenernos a todos engañados. Esta civilización se fundó en la base del engaño y la mentira, y no podemos permitir que esto siga siendo de la misma forma. —Observó a todos los presentes. Un atisbo de preocupación recorría el semblante de cada uno de los líderes. Parecía que la decisión iba en serio para Fer y los demás—. Nosotros habitamos este planeta con la esperanza de vivir en paz, disfrutando de un entorno armónico y respetuoso con el medio ambiente, y seguro podremos enseñarles a los nuevos habitantes esa forma de vivir para que aprendan a convivir como nosotros.

—¡Por favor! ¡Estás hablando de una fantasía! Esos bárbaros no saben convivir con el entorno. Te aseguro que en poco tiempo nuestro bello y hermoso planeta terminará igual que el suyo. Eso está garantizado.

Jor, que hasta ese momento esperaba en silencio y observaba la discusión que mantenía Fer con los líderes de La Cúpula, decidió intervenir.

—Señores presentes. Permítanme un momento hablar, ya que yo pertenezco a ese planeta del cual ustedes hablan en forma tan despectiva.

Los líderes miraban a Jor con desdén. No deseaban que participara en esa conversación. Después de todo, él era parte del problema que los tenía en esa situación. Así lo hizo saber uno de los líderes, quien había permanecido sentado tratando de mantener la calma, pero en ese momento se levantó.

—¡Por supuesto que no! No aceptaremos que alguien como él nos venga a decir lo que tenemos que hacer. —Se dirigió a Jor—. Usted es un extraño en este planeta; por lo tanto, no tiene ni voz ni voto. Todo lo contrario, ustedes son los culpables de que esté ocurriendo este desastre.

—En este momento, ustedes ya no tienen la autoridad para decidir quién habla y quién no —cortó de lleno Fer las palabras de aquel líder ante su mirada atónita y molesta—. Aquí todos tenemos el mismo derecho de opinar y escuchar lo que tenemos que decir. —Se dirigió a Jor—. Por favor, continúa con lo que estabas diciendo.

—Muchas gracias —repuso Jor mientras el líder volvía a sentarse a regañadientes—. Es cierto lo que dicen sus líderes, nosotros arruinamos nuestro planeta. No fuimos capaces de cuidarlo de forma responsable e hicimos lo que quisimos con él. Lamentablemente, el pasado no lo podemos cambiar. Sin embargo, tenemos ante nosotros una oportunidad única para el futuro. Por favor, permítannos aprovechar esta segunda oportunidad que se nos ha dado. Podemos hacer nuevas políticas de migración y desarrollo social. Estoy seguro de que, si trabajamos en conjunto, podremos aprender de manera mutua de los avances que hemos logrado, y unirlos para conseguir grandes cosas. Incluso, si nos lo proponemos, podríamos buscar con el tiempo nuevos horizontes y expandirnos en la galaxia como sociedad. Pero para eso es necesario que hagamos esto juntos. Sería innecesario malgastar tiempo y recursos en una guerra que no nos llevará a ninguna parte y que solo nos dañará. ¿Qué opinan?

El profesor Alfred Pell hasta ese momento solo había escuchado con atención la conversación. Observaba preocupado la opinión que tenían los líderes, pero también comprendía que sus recelos tenían fundamento, así que decidió intervenir.

—En realidad, todo lo que estamos escuchando hoy es nuevo para nosotros. Nos han tomado por sorpresa las distintas noticias sobre nuestro planeta y su origen. Es decepcionante haber vivido toda una vida en medio de mentiras y engaños, pero el daño ya está hecho. Ahora hay que mirar hacia el futuro y buscar lo que sea mejor para nuestro planeta. Creo que, como dice el señor Jor, una guerra entre ambas civilizaciones solo traería un mayor desastre, y el principal afectado sería nuestro hermoso planeta. Eso es lo que debemos evitar a toda costa.

—¿Y le parece que hacer lo que sugiere Jor es lo más apropiado, profesor? —preguntó Ile.

—No sé si podremos hacer lo que dijo Jor sobre colonizar otros planetas, pero pienso que, si establecemos de antemano leyes y políticas de acceso, podríamos ir ampliando lo que tenemos actualmente en la Gran Ciudad y abarcar todo el planeta; en forma gradual, por supuesto.

Mientras seguían esta conversación, uno de los líderes se acercó a su asiento y, debajo de él, sacó sin que nadie lo notara un arma que mantenía oculta. Apuntó y disparó. Las voces se paralizaron y callaron. Los ojos de cada uno empezaron a buscar a la víctima. De pronto, Fer se desplomó ante la mirada atónita de todos. Jor, que se encontraba armado, disparó rápido contra el líder, quien cayó muerto en el instante. Junto con sus compañeros, rodearon al resto de los líderes para que no pusieran en peligro la vida de nadie más.

Isaac se acercó rápido a su padre, quien yacía en el suelo desangrándose lentamente.

—¡Padre! ¡No puedes irte ahora! ¡Por favor, alguien vaya a buscar ayuda!

—Hijo mío —dijo Fer mientras intentaba con todas sus fuerzas hablar—, no pierdas el tiempo buscando ayuda. Ya es demasiado tarde. Ahora escúchame con atención. Te toca a ti ahora ser el líder de esta transición. No seas como esos falsos líderes, quienes solo han pensado de forma egoísta buscando su propio beneficio. Busca ayudar a quien puedas. Ayuda a nuestros hermanos de ese planeta para que encuentren bienestar con nosotros, cuídalos y a tu planeta también. Sé que harás un buen trabajo, tienes el espíritu y el corazón para lograrlo.

—¡Sí padre, haré lo que tú digas!, pero por favor, ¡no te mueras! —respondió mientras tomaba de la mano a su padre.

—Eso es algo que yo no decidiré, hijo mío. Creo que la suerte ya está echada. Pero sé que harás bien las cosas, eres valiente. Además, sé que tendrás la ayuda de todos los aquí presentes para que este nuevo período se haga en paz.

Dicho esto, Fer dio un último suspiro. Isaac trató de contener lo que más pudo su angustia, pero no pudo conseguirlo. De pronto, comenzó a llorar sin consuelo. En cuestión de horas había perdido a su madre y también a su padre. Sin embargo, la pérdida de su padre la sentía más en ese momento, ya que solo lo había recuperado pocas horas atrás. Ahora, por primera vez, se sentía realmente solo. Ile, con solo verlo, comprendió lo que estaba sintiendo su compañero, su amigo, así que de inmediato se acercó a él, lo tomó del brazo y lo abrazó con ternura. Una lágrima rodó por su mejilla. Se sentó al lado de Isaac y, sin decir nada, comenzó a llorar junto con él mientras el resto de los presentes observaba la escena sin decir una palabra. Era un momento triste para todos.

Capítulo 18

Pasó un buen rato con ambos científicos en el piso junto al cuerpo del padre de Isaac. Los compañeros de Jor seguían rodeando a los líderes, quienes estaban resignados a que nadie vendría a ayudarlos. Después de algunos minutos, Isaac e Ile se levantaron y se acercaron a Jor.

—¿Cómo fue posible que salieran de la prisión?

—Tu padre nos liberó.

—¿Mi padre? Pero ¿cómo fue posible eso?, si él también se encontraba prisionero.

Jor no supo qué responder, porque realmente desconocía cómo Fer había podido liberarse. Sin embargo, antes de que alguien más hiciera algún comentario, el coronel Pride interrumpió la conversación.

—Permítanme responder eso, señores… y señorita. Ante todo, quisiera manifestarle mis condolencias por su pérdida, Isaac.

—Muchas gracias, coronel.

—Bien, creo que debo señalarles que el hecho de que Fer haya podido salir de prisión fue porque yo lo permití.

—¿Usted? —preguntó Ile —pero ¿por qué lo hizo? Y ¿cómo?

—Señorita Ile. Debo comentarle que, a pesar de que mi rostro refleje dureza y aspereza, no soy tan malvado como cree. —Esbozó una leve sonrisa—. Sé reconocer cuando una persona tiene intenciones turbias y sus planes son perversos y oscuros. En el caso de Ro, ya había sentido desde hacía un tiempo que no era de fiar. Eso me hizo desconfiar de la misma Cúpula, a la que serví por tantos años. Lo que escuché de parte de Fer me generó muchas dudas. Sabía que, si veníamos sin escolta o desprotegidos a este lugar, no saldríamos con vida, ya que estas personas —dijo señalando a los líderes que ahora eran prisioneros y observaban con expresión indefensa— son capaces de todo con tal de conseguir su objetivo. Por esa razón, cuando estábamos en la prisión con tu padre, sin que nadie se diera cuenta, le di las llaves para que pudiera liberarse. Le expliqué rápido cómo salir de ese lugar, estando seguro de que él, con el entrenamiento que había tenido por tanto tiempo, iba a ser capaz de arreglárselas para venir a ayudarnos. Y, por lo que veo, logró dar con Jor y sus compañeros para que nos ayudaran también.

Isaac e Ile se miraron satisfechos por la respuesta del coronel y contentos de contarlo como un aliado. Por un instante, todos guardaron silencio agotados por lo que había ocurrido esa jornada. Sin darse cuenta, habían pasado todo el día y toda la noche solucionando el problema que los convocaba, y ya comenzaba a amanecer.

El profesor Pell se encontraba atento escuchando la explicación del coronel Pride, analizando lo sucedido y las implicancias para ellos y la Gran Ciudad.

—Perdón por interrumpir, pero deseo saber lo siguiente: ¿han pensado en las posibles consecuencias de lo que ha ocurrido el día de hoy? Hemos hecho un golpe de estado, hemos derrocado una dinastía de líderes que ha gobernado hace cientos de años. ¿Qué pasará ahora? ¿Qué haremos? ¿Qué le diremos a los funcionarios de La Cúpula? Por otro lado, debemos solucionar el tremendo dilema que tenemos ahora frente a nosotros. —Señaló a Jor y sus compañeros—. ¿Qué pasará con ellos? Pero no solo me refiero a ellos como personas, sino también a toda su civilización. ¿Permitiremos que su humanidad venga a nuestro planeta, sabiendo lo que podría ocurrir? Yo no estoy de acuerdo con iniciar una guerra, después de todo, hemos visto que somos similares en sentimientos, emociones y conducta. Además, somos una misma familia; pero ¿y si tienen razón los miembros de La Cúpula y terminamos arruinando nuestro planeta?

Todos se miraron. Tenían las mismas preguntas, dudas y temores que planteaba el profesor Alfred Pell. Isaac, además, admiraba la forma de hablar del profesor, tan elocuente y siempre diciendo lo necesario para la situación. Por otro lado, Jor y sus compañeros también se estaban cuestionando qué pasaría con ellos. Isaac decidió hablar, demostrando que estaba dispuesto a tomar el liderazgo que su padre le había pedido antes de morir.

—Profesor, me parece que son muchas las preguntas que usted ha hecho, y todas son sumamente necesarias y merecen respuesta. Sin embargo, debemos ir solucionando estos dilemas uno por uno y de a poco. Por lo pronto, creo que tenemos que llevar a estas personas —dijo señalando a los líderes— ante la justicia para que paguen por sus mentiras y engaños.

—Pero Isaac —intervino Ile—, ¿crees que pagarán por sus crímenes? Recuerda que ellos controlaban este lugar, ¿no es posible que también controlen a quienes los juzgarán?

—Tendremos que hacer el intento —repuso con seguridad—, me preocupa más saber la reacción de los demás guardias y de los funcionarios cuando vean ir a sus líderes aprisionados a la celda.

—No te preocupes, Isaac— respondió el coronel—. Son mis hombres, y lo que yo les diga van a obedecer.

—Excelente, coronel —dijo con más tranquilidad Isaac—. Lo más importante es que debemos generar un cambio de ahora en adelante y vivir con las consecuencias de nuestros actos; así como Jor, sus compañeros y su mundo deberán vivir con las consecuencias de los suyos.

—¿Eso significa que no nos ayudarán? —preguntó Jor algo extrañado.

—No, no he querido decir eso. Estoy diciendo que, para progresar y seguir adelante, debemos hacernos cargo de nuestras acciones tanto ustedes como nosotros. Y en base a eso, pensar hacia el futuro. Y lo más importante, aprender de lo que hemos hecho. En este caso, ustedes deben aprender de sus errores para no repetirlos cuando vengan a este lugar. —Una sonrisa iluminó el rostro de Jor—. Eso sí, esto no significa que toda su civilización pueda venir a invadir nuestro planeta. Primero debemos hacer un análisis de habitabilidad. Saber cuántas personas piensan venir y si tenemos las condiciones para recibirlos. Además, todo este proceso se debe realizar de forma gradual, ya que, si lo hacemos drásticamente, terminaremos igual que el planeta original y todo será un caos. Debemos preparar a la población para las noticias que deberán enfrentar y, luego, ir poco a poco haciendo los cambios.

—Estoy de acuerdo con lo que dice Isaac —señaló el coronel Pride—. Mi ejército está a la orden para organizar la transición y realizar los cambios en forma pacífica y ordenada.

—Muchas gracias, coronel. Sin duda, será un recurso valioso para la reorganización de nuestra Gran Ciudad. Y tal vez una oportunidad para ir expandiéndonos en el planeta… y, ¿por qué no?, como dijo Jor, con posterioridad seguir expandiéndonos en el universo.

—¿Y crees que podremos hacer eso, Isaac? ¿Estaremos preparados para ello? —preguntó Ile con cierto temor.

—No lo sé, querida amiga. Pero es algo que debemos intentar.

Jor y sus hombres se mostraron satisfechos y mucho más tranquilos. Después de todo, se veía una luz al final del túnel para el problema que estaban atravesando. Pero también era una oportunidad para reflexionar en las palabras que habían escuchado. Era el momento de hacer un cambio en su vida, en su civilización. Debían hacer las cosas de manera distinta si deseaban tener un futuro, donde sea que fuera.

—¿Qué es lo que debemos hacer entonces? —preguntó Jor.

—Por lo pronto —intervino el profesor Pell—, hay que llevar a estas personas a custodia para que sean juzgadas. Ya después veremos cómo reorganizaremos lo que debemos hacer.

—Un momento, profesor —dijo el coronel —voy a llamar a alguno de mis guardias para que los acompañen. Si ven a Jor y sus hombres hacer ese trabajo, los detendrán y esto podría complicarse. —Tomó su intercomunicador y realizó una llamada. Después de unos minutos llegaron varios guardias, quienes observaron asombrados lo que estaba pasando—. Señores, necesito que lleven a estos hombres a custodia hasta que sean juzgados. Y les prohíbo que conversen con ellos o que estén en contacto con otras personas.

—Pero coronel —repuso uno de los guardias—, son los líderes de La Cúpula.

—Le he dado una orden, guardia —contestó con frialdad—. No necesito que haga preguntas, solo que obedezca.

—A la orden, coronel.

En el acto, se llevaron al grupo de líderes mientras balbuceaba palabras de insurrección y venganza. Sin embargo, nadie les prestó atención. Antes de que salieran los detenidos, el profesor Pell dijo algo al oído del coronel. Acto seguido, este llamó a uno de los guardias que iba en la procesión, quien dio media vuelta y se acercó.

—A la orden, coronel.

—Por favor, le pido que tome este cuerpo —dijo señalando a Fer— y le den una sepultura como corresponde, con todos los honores posibles.

Isaac observó al coronel con expresión de agradecimiento. Después de todo, había sido Fer quien descubrió todo y consiguió la unión de ambos mundos. Merecía esos honores.

El guardia hizo un llamado mediante su intercomunicador y, en cuestión de minutos, llegaron otros funcionarios, hombres y mujeres, quienes lo ayudaron a llevar el cuerpo sin vida de Fer.

Ile tomó del brazo a Isaac, pues entendía lo difícil que debía ser para él ver partir a su padre, esta vez para siempre.

—Querido amigo —dijo Ile—, de verdad lamento mucho lo que sucedió. Imagino lo difícil que debe ser para ti haber perdido primero a tu madre a manos de La Cúpula, y ahora también a tu padre, después de que lo habías recuperado.

—Sí, ha sido difícil.

—Creo que no tendrás mucho tiempo para lamentarte, Isaac. Pronto dirigirás la nueva organización de la Gran Ciudad, así que tendrás que reponerte pronto, ya que todos te necesitaremos. —Hizo una pausa y sonrió con timidez—. Creo que ahora ya no tendrás tiempo para tu amiga, serás alguien muy importante.

—Ile, ahora más que nunca voy a necesitarte a mi lado para que me ayudes y juntos salgamos adelante. —Guardó silencio un momento y reflexionó—. Mientras tanto, quisiera pedirte un favor, distinto a lo que estábamos hablando.

—Claro, lo que necesites.

—Quisiera pedirte que me acompañes

—¿Dónde quieres ir?

—Quiero ir a la casa de mi madre. O lo que resta de ella. Necesito ir a buscar entre los escombros lo que sea que haya quedado o se pueda rescatar.

—Sí, por supuesto. ¿Necesitas que vayamos ahora?

—Sí, por favor.

—Claro, te acompaño.

—Profesor, necesito ausentarme un momento. Es algo que debo hacer.

El profesor había escuchado la conversación de Isaac e Ile.

—Claro, hijo. Anda nomás. Te estaremos esperando.

—Isaac —interrumpió el coronel—, ¿necesitas que alguien te acompañe? Si deseas, doy la orden y una escolta puede llevarlos.

—Muchas gracias, coronel, pero prefiero hacer esto solo. Me basta con la compañía de Ile.

—Coronel —interrumpió Ile—. Tal vez podría conseguirnos un transporte, ¿no te parece, Isaac?

—Sí, tienes razón Ile. Si pudiesen conseguirnos un medio de transporte se lo agradeceríamos muchísimo.

—Claro, denme un momento. —Otra vez utilizó su intercomunicador. De inmediato se hicieron los arreglos y, en cuestión de minutos, alguien llegó en un vehículo para llevar a los jóvenes científicos al lugar que necesitaran.

Capítulo 19

Caminaron hacia el vehículo y subieron, un chofer los esperaba pacientemente. Isaac dio las indicaciones, y el chofer partió de inmediato.

—¿Qué esperas encontrar? —preguntó con cierta preocupación Ile.

—No lo sé, en realidad, creo que solo quiero ir a ver el recuerdo de mi madre.

—¿Y no piensas que eso podría hacerte más daño? Tal vez no sea buena idea que vayas allá, ¿no te parece?

—Creo que es algo que debo hacer para cerrar esta etapa. Cuando esto ocurrió, fue tan rápido que no alcancé a procesarlo ni a despedirme de mi madre. Eso es lo que pretendo hacer ahora. Ir a despedirme de ella y de su hogar.

—Te entiendo, Isaac, sabes que puedes contar conmigo para lo que necesites.

—Lo sé. —Sonrió—. Por eso te pedí que me acompañes, porque siempre has estado presente para apoyarme y eso te lo agradezco enormemente. —Ile, como siempre cariñosa y amable, reclinó su cabeza en el hombro de Isaac, quien se recostó sobre el asiento para descansar un momento, después del día tan ajetreado que habían tenido. Cerró un momento los ojos y se quedó dormido.

Pasaron los minutos hasta que el vehículo llegó a su destino. Se detuvo a cierta distancia de los escombros de la casa. El chofer habló a Isaac, quien despertó algo asustado. Esperó a que el científico hiciera algo, pero este solo esperó. Ile, quien también había dormido unos minutos, lo observó sin decir una sola palabra; sabía que debía tenerle paciencia, ya que no era fácil lo que tenía que hacer.

—Bien, es momento de hacer lo que debo hacer. —Bajó del vehículo seguido por Ile, y juntos caminaron hacia lo que alguna vez había sido su casa. Se lamentó por no haber ido a visitar más seguido a su madre y, sobre todo, por no haber disfrutado más tiempo con ella.

Se acercó con lentitud a los escombros y empezó a mover algunos resquicios para ver si encontraba algo de utilidad. Estaba seguro de que su madre había sido desintegrada casi de inmediato cuando la casa explotó. Al menos, según creía y trataba de convencerse, no había sufrido.

Mientras buscaba cualquier cosa que pudiese servirle de recuerdo, Ile caminaba en otra parte de la casa, o lo que quedaba de ella, buscando algo de interés. Solo había cosas inservibles, rotas y quemadas que no eran de utilidad.

—Isaac, pareciera que no hay nada que se haya podido rescatar.

—Tienes razón. Será mejor que volvamos.

—Espera un momento —reparó revolviendo algo dentro de los escombros—, creo que hay algo aquí. —Entre los restos, Ile sacó un cuadro que tenía las características de una *holoimagen* que, al parecer, todavía funcionaba. En ella, se veía la foto de Fer tomando en brazos a una jovencita Lora, y a Ann cargando en sus brazos a un pequeño Isaac. En ese momento parecían tan felices, lejos de todos los problemas que con el tiempo tuvieron que afrontar—. ¡Mira!, aquí hay una *holoimagen* de tu familia. Creo que es el recuerdo que estás buscando.

Isaac la tomó e hizo una pausa. Meditó en ese tiempo cuando todo era más tranquilo, más fácil de llevar y, por un momento, extrañó esos días en que de verdad se sentía feliz.

—Gracias, Ile, tienes razón. Necesitaba esto para recordar a mi familia. Ahora sí, ya podemos irnos.

Empezaron a caminar en dirección al vehículo que había estado esperándolos. Estaban a punto de subir cuando, de pronto, Isaac se detuvo un momento. Ile lo observó extrañada. El científico dio media vuelta para ver por última vez lo que quedaba de su antiguo hogar. En ese momento, una silueta comenzó a surgir a lo lejos. Isaac intentó observar bien para distinguirla. Al principio no logró identificarla; sin embargo, a medida que se acercaba, logró verla perfectamente: era su madre.

Trató de entrar en razón, pues había quedado perplejo, mientras que Ile no pudo contener una lágrima de emoción. Ninguno de los dos entendía qué estaba pasando ni si era una imagen real. Ann se acercó lentamente entre los restos de la casa hasta que llegó a cierta distancia de donde se encontraban los sorprendidos jóvenes.

—¿Mamá? —preguntó con voz dubitativa.

—¿Quién más podría ser, hijo? ¿Te sorprende verme?

—En realidad, sí y mucho, ¿cómo no vamos a estar sorprendidos si los dos —dijo señalando a Ile— vimos cómo explotó la casa contigo adentro?

—Señora Ann, es cierto. Íbamos en el vehículo cuando la casa explotó ¿Cómo es posible que haya sobrevivido si todo este lugar estalló en pedazos?

—Ustedes vieron la casa explotar, jovencita. Pero en ningún momento vieron que yo estaba dentro. —Sonrió.

—Pero señora Ann, usted estaba dentro, cuando nosotros nos despedimos, usted estaba dentro de la casa.

—Mi niña —dijo con ternura—, les voy a contar algo. Cuando Fer vivía con nosotros, me advirtió muchas veces que tuviese cuidado con los miembros de La Cúpula. Me dijo que no debía confiar en ellos, ya que en cualquier momento podían traicionarnos. Debió haber tenido sus razones para desconfiar, pero nunca olvidé sus palabras. Por esa razón, cuando vinieron a buscarlos, sabía que la situación no iba a quedar así como así; algo iba a ocurrir y debía protegerme. Así que, en el momento en que ustedes se fueron, arranqué de inmediato por la puerta trasera, pensando que algo raro podía ocurrir. Y no me equivoqué, apenas me alejé unos cuantos pasos de la casa, explotó.

—Madre —dijo con satisfacción Isaac—, no te imaginas lo feliz que me pone verte con vida.

—Y a mí me alegra mucho verte a ti con vida, hijo mío. Cuando se los llevaron, temí lo peor, pero verte sano y salvo… —Se dirigió a Ile—. Y a ti también, jovencita, me da mucha alegría y tranquilidad verte. Cuéntame, ¿pasó algo interesante hoy día?

Ile e Isaac se miraron con complicidad y una pequeña sonrisa se esbozó en ambos.

—Madre, te prometo que te contaré todo lo que sucedió —repuso con expresión cansada—, pero no ahora. Estamos muy agotados con todo lo que ha sucedido estas últimas horas. Pero ya habrá tiempo, madre.

—Bueno, hijo, no te preocupes. Ya habrá tiempo. Dime, ¿y qué es lo que haremos ahora?

—Por lo pronto, tenemos que ver la forma de buscarte un nuevo hogar mientras reconstruimos tu casa. Además, muero por una buena taza de té, como las que me preparabas cuando era más joven.

—Está bien, cuando tenga una cocina, te prepararé lo que necesites. —Sonrió.

—Isaac —interrumpió Ile—, ¿y respecto a todo lo que ocurrió hoy? ¿Qué haremos?

—Querida amiga, creo que lo más importante ahora es continuar.

Los tres caminaron en dirección al vehículo que seguía esperándolos. Se subieron y comenzó de inmediato a alejarse lento por el horizonte.